荒波越えて

八丁堀 裏十手 8

牧 秀彦

JN257333

二見時代小説文庫

目次

序章　荒波越えて　7
第一章　厳父《げんぷ》の決意　15
第二章　半平《はんぺい》危うし　57
第三章　男たちの絆《きずな》　106
第四章　乙女の願い　148
第五章　軍師　杏葉館《ぎようようかん》　197
第六章　裏十手納め　245
終章　老虎の笑顔　290

荒波越えて——八丁堀 裏十手 8

序章　荒波越えて

それは嵐田《あらしだ》左門《さもん》にとって、かつてない苦戦であった。

「こん畜生め！　こんなとこでくたばってたまるかい!!」

吹き荒れる風の中、ずぶ濡れで振るっていたのは刀ではなく斧《おの》。

着物を脱ぎ捨てて下帯《したおび》一本となり、鍛えられた全身をむき出しにしている。

挑む相手は抜き身を手にした敵ではなく、暗い空にそびえ立つ大《おお》帆柱《ほばしら》。疾《と》うに帆はすべて下ろしたものの柱そのものが風に煽《あお》られ、船を揺らして止《や》まずにいた。

　このままでは波に呑まれ、海の藻屑《もくず》と化してしまう。

「くそったれ！　可愛い倅《せがれ》に会うまでは、おっ死《ち》ぬわけにゃいかねぇんだよ!!」

嵐に負けじと吠え猛《たけ》り、左門は斧を打ち込んでいく。

江戸を離れて、今日で四日目。

順調だった船足が乱れたのは、三宅島《みやけじま》を目前にしたときのこと。

突如として空が掻《か》き曇るや、流人船《るにんぶね》は激しい風と波に襲われた。

『わっ、わっ』

『た、助けてくれー！』

『なまんだぶ、なまんだぶ……』

荒くれ揃いの水夫《かこ》衆が取り乱さずにはいられぬほどの、大時化《おおしけ》であった。

天保《てんぽう》十四年（一八四三）も、すでに十月。

列強諸国で蒸気船が着々と実用化されつつある今も、日《ひ》の本《もと》で運用されているのは昔ながらの帆船のみ。商船として多く用いられた菱垣廻船《ひがきかいせん》と樽《たる》廻船はいずれも大型の千石船《せんごくぶね》だが、江戸と伊豆七島《いずしちとう》の流刑地を行き来するのは半分の五百石船。黒潮の流れも強い海を乗りきるのは常に命懸けだが、こたびは幸い天候に恵まれ、最短の日数《ひかず》で辿り着けたというのに、思わぬことになってしまったものである。

とにかく今は一刻も早く、帆柱を倒さねばならない。帆を畳んでも柱そのものが風を受け続け、沈没に至る元凶《がんきょう》となるからだ。

方法は斧を打ち込んで倒すのみだが、五百石船に備え付けられた帆柱の高さは優に六丈《じょう》（約一八メートル）。

老いても六尺（約一八〇センチメートル）を下らぬ左門だが、身の丈《たけ》の十倍もある柱を倒してのけるのは、さすがに至難の業《わざ》だった。しかも立ち続けるのがままならぬほど強い風が、絶えることなく吹き荒れているのだ。

しかし、臆してはいられなかった。

「待ってろよ、角馬《かくま》……おめーの親父はこのぐれぇのことで諦めちまうほど、甘くはねぇってことを教えてやるぜぇ……」

決意も固く、左門は斧を握り直す。

太い柱との戦いは、すでに半刻《はんとき》（約一時間）余りも続いていた。

仲間たちを頼るわけにはいかない。

「おい、若い衆！　白髪じじいの俺に負けてんじゃねぇぞ‼」

鉄平《てっぺい》は水夫衆に混じり、アカと呼ばれる浸水を掻き出す作業に大わらわ。

「くっ……」

一方の中山政秀《なかやままさひで》は舵《かじ》取りに加勢し、持ち前の剛力を振り絞っていた。ひとたび制御を失えば可動式の舵が暴れて砕け、船尾まで壊れてしまうからだ。

皆が体を張っているのに、二本差しだからといって何もせず、ふんぞり返ってなどいられまい。

強風に負けじと、左門は斧を振り上げる。

カーン、カーン。

狙い澄まして打ち叩いているのは、柱の割れ目に打ち込んだ楔《くさび》。

折れてしまった一本目の斧の頭を利用したのだ。

左門が五十年来鍛錬してきた刀さばきは、斧や鶴嘴《つるはし》の扱いにも相通じる。力任せに振り回さず重さを利用し、打ち込む瞬間に手の内《うち》を締め込んで遠心力を利《き》かせることが要諦《こつ》なのは、いずれも同じだからである。

柱の割れ目は、確実に深さを増している。

だが、二本目の斧もそろそろ限界に達していた。

バキッ。

砕けた柄《え》ごと、斧の頭が吹っ飛ぶ。

拾う間もなく、そのまま海の中に落ちていった。

「畜生っ」

左門は思わず歯噛みする。もはや替えは残っていない。

「仕方あるめぇ……」

一言つぶやき、左門は柱の反対側に廻る。

仁王立ちとなり、深々と息を吐き出す。

吐いては吸うことを繰り返し、臍下《せいか》の丹田《たんでん》に気を満たしていく。

おもむろに指を掛けたのは、左肩から突き出た刀の柄《つか》。

背負うのに用いた下緒《さげお》がぴんと張り、黒い鞘から刀身が抜き放たれた。

手にした抜き身を、左門は腰に取る。左腰から右腰へ百八十度、人体ならば腰腹部《ようふくぶ》を断ち割る構えである。

だが、今の相手は太い柱。

楔が効いているとはいえ、刀で斬り付けるなど無謀なことと言わざるを得まい。

それでも、やってのけるしかあるまい。

嵐がこのまま静まらなければ、どのみち左門は助からないのだ。

刀を背負っていたのは船が沈んだときに待ち受ける鮫《さめ》と戦って、他の者たちを護り抜くためであった。

同行を志願してくれた鉄平と政秀はもちろんのこと、共に航海をするうちに親しくなった水夫衆も、巻き添えにはしたくない。こたびの出航は左門を三宅島に送り込むのが目的であるため、流人は乗せられていなかったが、もしも乗船していれば同様に護るつもりだった。

血に飢えた海の猛者《もさ》どもと渡り合えば、まず無事では済むまい。

しかし帆柱さえ切り倒せば、全員が確実に助かるのだ。

三宅島は大きな港が設けられておらず、人も荷物も小船に積み替えて運ばれるのが常である。島の近くで停泊していればすぐに気が付き、助け船を差し向けてもらえることだろう。

同じ刀を振るうのならば己自身も生き抜くために、鍛えた業前《わざまえ》を発揮すべし——。

「むん!」

気合いと共に白刃《しらは》が走る。

ひゅっ。

鋭い刃音が風を裂き、柱が大きく割れた。

左門が狙ったのは、楔を打ち込んだ箇所の真裏。

両側から割れ目を入れられては、太く頑丈な柱もさすがに堪《こた》える。

しかも左門が刀を振り抜いたのは、一際《ひときわ》強い風が襲い来た瞬間のことであった。

ばきばき……

ばきばきばき……

音を立てながら、太い柱が徐々に傾いていく。

吹き荒れる風にもはや耐えきれず、自ら倒れ始めたのだ。

「みんな逃げろい！」

「帆に巻き込まれては助からぬぞ！　早うせーい‼」

いち早く気付いた鉄平と政秀が、口々に声を張り上げて水夫衆を逃がす。

ガガーン。

帆柱が倒れたのは、全員の退避が終わった後のことだった。

「旦那ー！」

「嵐田殿ぉー‼」

鉄平と政秀が駆けてくる。

力が抜けてよろめく左門を、二人はサッと両側から支えた。

「やりやしたね、旦那ぁ」

「見事な業前ぞ、嵐田殿」

「へっ、褒《ほ》めたとこで何も出ねぇよ……」

頼もしい仲間たちと視線を交わして、左門は微笑む。

吹き荒れる風の中に希望を見出し、ホッと一息ついていた。

第一章　厳父《げんぷ》の決意

一

天保十四年の閏《うるう》九月も末に至っていた。

幾日も経たぬうちに十月を迎え、暦の上では冬となる。

つい先頃まで心地よかった江戸の秋風も、そろそろ冷たくなってきた。

ひゅう——。

黄八丈《きはちじょう》の着流しの裾《すそ》を舞わせ、木枯《こが》らしが浜町《はまちょう》川《がわ》を吹き抜ける。

「こないだ年が明けたと思ったら、もう十月かい……ったく、年を取っちまうと月日の経つのがどうにも早くっていけねぇや」

伝法《でんぽう》な口調でぼやきながら向かう先は人形《にんぎょう》町《ちょう》の路地に建つ、九尺《くしゃく》二間《にけん》の裏店《うらだな》。

政秀がねぐらにしている、古びた長屋である。

「おっとっと……」

どぶ板を踏み抜かぬように気を付けながら、左門は歩みを進めていく。

政秀が借りているのは腰高障子《こしだかしょうじ》の破れも目立つ、路地の真ん中辺りの一軒だ。

訪《おとな》いを入れる前に、左門はその破れ目から長屋の中を覗き見た。

「やっぱり起きちゃいねぇのかい……ったく、しょうがねぇなぁ」

苦笑しながら、左門は腰高障子に手を掛けた。

雪駄《せった》を脱ぎ、小さな土間にきちんと揃えて部屋に上がる。

すでに陽も高いというのに、政秀は万年床《まんねんどこ》でぐーぐーぐーの高いびき。箱枕《はこまくら》を壁際まで吹っ飛ばし、拡げた読本《よみほん》を顔の上に載《の》っけたままで眠りこけていた。

古びた表紙に刷られているのは丸っこくて愛らしい、おびただしい数の子犬たち。

題は『里見八犬傳《さとみはっけんでん》　第三輯《しゅう》　巻之五』と有る。

二年前の天保十二年（一八四一）秋に全九輯（集）九十八巻を以て完結し、万年床の枕元に散らばっている、肇輯《じょうしゅう》から第三輯までで二十五冊。全巻に至っては百冊を超える、滝沢馬琴《たきざわばきん》の畢生《ひっせい》の大作だ。

どうやら物語の序盤に当たるところを借りてきて、まとめ読みしたらしい。

日の本では、書物は古来より高価なもの。

子ども相手の手習い塾が普及し、かな文字ばかりか簡単な漢字まで読みこなせる者が増えた徳川《とくがわ》の世でも気軽に本を買う習慣はなく、娯楽のための読本も手頃な損料で借りて済ませるのが当たり前。狭い長屋で置く場所にも乏しい、その日暮らしの庶民にとっては尚《なお》のことで、町内を流して歩く貸本屋の世話になるのが常であった。

まして『八犬傳』は、百冊を超える大作だ。

新刊が出回るたびに買い揃え、すべて手許に揃えているのは南町《みなみまち》の元吟味《ぎんみ》方《かた》与力《よりき》で左門とも親しい、宇野幸内《うのこうない》などの好事家《こうずか》ぐらいのものだろう。

ともあれ、このままでは話もできない。

床に散らばった読本を踏まぬように気を付けながら、左門は万年床に躙《にじ》り寄る。

「おい若いの、いい加減に起きねぇかい」

「ううむ……まだ夜は明けておらぬであろうに……」

政秀は目を覚ましたものの、まだ読本を顔の上に載せている。表紙一杯の可愛い犬たちと寝ぼけた声の取り合わせが、なんとも可笑《おか》しい。

噴き出しそうになるのを堪えつつ、左門は言った。

「暗えのは手前で目隠しをしてるせいだよ。お天道様《てんとさま》なら、とっくの疾《と》うにてっぺんまで上がっていなさるぜ」

「まことか……道理で腹が減るわけだ……」

「へっ、お前さんの腹時計は年がら年じゅう飯時だろうが？」

「起き抜けに嫌みを申すでないわ。あー、よう寝た……」

読みさしの本を取って立ち上がり、政秀は大きく伸びをした。

もとより寝間着《ねまき》など用いておらず、皺《しわ》くちゃの木綿《もめん》の着物に野袴《のばかま》を穿《は》いたまま。

左門に劣らず背が高く、柔術《じゅうじゅつ》の原型である小具足《こぐそく》──合戦場向けの組み討ちの術の稽古を通じて鍛え上げた、筋骨隆々の体付きも頼もしい偉丈夫であった。

「相変わらず、お前さんはいい体をしてるなぁ。貧乏してても達者なのは何よりってもんだろうぜ」

袖から突き出た太い腕を横目に、左門はつぶやく。

しかし、当人は本調子ではないらしい。

「誰が達者なものか。昨日から水しか口にしておらぬのだぞ」

「どういうこったい。一昨日《おとつい》お熊《くま》が届けた、握り飯がまだあるだろうが？」

「それなのだがな、嵐田殿……差し入れてもろうたその日のうちに、恥ずかしながらすべて平らげてしもうたのだ」

「ほんとかい」

左門は目を丸くした。

「ったく、お前さんは大食いだなぁ。朝昼晩で二つずつって勘定して、日持ちがするように味噌と醤油を塗って焼いたのを、合わせて十もこさえさせたのだぜ」

「どうにも辛抱できなんだのだ。前の日も飯抜きであった故な」

「それで一気に食っちまったのかい？」

「うむ、面目《めんぼく》ない……」

万年床をざっと畳んだ政秀は散らかした読本も片付け、場所を空けてくれた。

「貧乏はしたくないものだな、嵐田殿」

あぐらを掻いた左門と向き合って座り、政秀は溜め息を吐《つ》く。

「俺はこのところ、角馬殿が他人と思えぬようになって参った」

「どういうこった、若いの」

「幾ら働けど楽にならず、その仕事の口が思うように得られなければ食っていくのもままならぬ……これでは、島暮らしと大した違いはあるまいぞ」

「おいおい、馬鹿なことを言うもんじゃねぇよ」

「何もふざけてなどおらぬ。角馬殿も俺もおぬしからの見届け物を当てにして、食いつないでおるのは同じであろう。親子であれば是非もあるまいが、赤の他人の俺まで甘えてしもうて、まことに相すまぬ」

「やれやれ……貧すれば鈍するってのはよく言うが、頭を垂れるのはお前さんぐらいのもんだろうぜ」

左門は苦笑するより他になかった。

一人息子の角馬が三宅島送りにされたのは、二年前。

かつて大坂《おおさか》で兵を挙げて敗《やぶ》れた大塩平八郎《おおしおへいはちろう》の残党に加わり、江戸で謀反《むほん》を起こそうとした罪を問われてのことであった。

すんでのところで改心し、仲間の暴挙を止めたとはいえ罪は罪。もしも助命の嘆願が聞き届けられていなければ間違いなく、死罪に処されていただろう。

北町奉行所で長きに亘《わた》って捕物御用に励み、江戸中の悪党から「北町の虎」と恐れられる一方で歴代奉行の覚えもめでたく、人望の高い左門の息子であればこそ罪一等を減じられ、格別の計らいによって島送りで済まされたのだ。

しかし、流刑先での暮らしは何かと物入りだ。

島民が限られた土地を耕し、漁をして細々と暮らしていくのがやっとの伊豆の島々に送られた流人たちは、自ら食い扶持《ぶち》を稼がなくては飢えて死ぬより他にない。

生きて欲しいと願うのならば家族は食料を調達し、役人を介して島に届けることを続けるしかなかった。それが見届け物であり、流人たちの身内にとっては少なからぬ負担となっていた。

どうやら政秀は角馬と我が身を照らし合わせ、息子でもないのに負担をかけているのが心苦しいらしかった。

殊勝《しゅしょう》な心がけと言えようが、そこまで恐縮してもらうには及ばない。

「それにしたってお前さん、握り飯が十じゃ足りねぇのならそう言えばよかったじゃねぇか。そうすりゃお熊も気を利かせて、また届けに来ただろうによ」

「馬鹿を申すな。子どもでもあるまいに、左様な駄々《だだ》など捏《こ》ねられぬ」

「だからって『かね鉄』にまで遠慮することはねぇだろう。お前さんがちっとも顔を出さなくなったって、鉄もおかねも心配してたぜ」

「苦しいのはあちらも同じであろう。客の入りがめっきり減って、店の板前や女中もいつまで雇ってもらえるのかとこぼしておったよ」

「へっ。俺たちゃ若い連中に遠慮をされるほど、落ちぶれちゃいねぇつもりだぜ」

「ならばよいのだが……常々すまぬな、嵐田殿」

重ねて詫びながらも、政秀は憤懣《ふんまん》やるかたない面持ちだった。

「これというのもご政道が悪いせいだな。水野越前守《みずのえちぜんのかみ》が御役御免にされても世の中は些《いささ》かも変わりはせず、南の耀甲斐《ようかい》は相も変わらず幅を利かせておる……大きな声では申せぬことだが、嵐田殿とて思うところは同じであろう」

「おいおい、俺はこれでも役人だぜ？　ご政道を悪く言うことなんざ、お前さんにも増して出来やしねぇよ」

「されど、頭では分かっておるはずだ。幕閣のお歴々は公儀の御金蔵を満たすために幾ら知恵を絞っても、下々《しもじも》の暮らし向きなど微塵《みじん》も考えてはおらぬ故な。もしも六年前の大坂に参ることが叶うのならば洗心洞《せんしんどう》の一門に加わりて、大塩平八郎と共に乱を起こしたいところぞ」

政秀も困ったことを言い出すものである。

（やれやれ……。貧して鈍するどころか、とさかに血が上《のぼ》っちまってら）

とりあえず、落ち着かせてやらねばなるまい。

そんな左門の胸の内に気付かぬまま、政秀は怒りを帯びた声で言った。

「現に諸色《しょしき》の値《あたい》は相も変わらず高直《こうじき》で、俺は米味噌ばかりかとうとう塩まで切らしてしもうた。空《から》っ茶でも粗塩《あらじお》をひとつまみ入れれば、腹の足しの吸い物代わりになるのだがな……」

「何だって？　塩を買う銭もねぇのに、お茶っ葉だけはあるのかい」

「自ら購《あがの》うたわけではない。向かいの徳《とく》さんから商売物の売れ残りを分けてもろうたのだ。雨漏りの修繕をしてやった礼にな」

「成る程な、あちらさんも銭がねぇから手間賃代わりってことかい」

左門は鼻をひくひくさせた。

調度品が碌《ろく》にない部屋にも、茶道具だけは揃っている。急須《きゅうす》の脇に置かれた小ぶりの茶壺にぎっしり詰まっていたのは、売れ残りと言いながらも上物《じょうもの》の玉露《ぎょくろ》だった。

「道理でさっきから、いい香りがすると思ってたんだよ……なぁ、ちょいと一服振る舞っちゃくれねぇかい」

「心得た。目覚ましに相伴《しょうばん》いたそう」

政秀は頷いた。

物騒な考えを抱くのも、腹が減っていればこそ。

茶腹《ちゃばら》も一時《いっとき》の譬《たと》えの如く、これで少しは落ち着くはずだ。

「しばし待ってくれ。水だけは毎日汲んでおる故、長くはかからぬ」

鼻緒まで藁《わら》で編まれた冷飯草履《ひやめしぞうり》をつっかけて、政秀は土間に降り立つ。

甕《かめ》の水を柄杓《ひしゃく》ですくって釜に注ぐと、かまどの埋《うず》み火を熾《おこ》しにかかる。

湯が沸くのを待つ間に左門は立ち上がり、目立つ埃《ほこり》を大きな手のひらに拾い集めて土間にそっと捨てる。

政秀が取り急ぎ片付けた『南総《なんそう》里見八犬傳』を頭から順に、表紙の折れなどを直しながら積み直す手つきもまめまめしい。

「ところでお前さん、この読本の山はどうしたんでぇ。こんだけ借りたら損料だって安くはねぇだろうが」

「もとより払う銭など有りはせぬよ。ただで貸してもろうたのだ」

釜から柄杓で湯をすくい、二つの碗に入れながら政秀は答えた。

「頂戴した握り飯も尽きてしもうて、近くの社《やしろ》でふて寝をしておるところに争う声が聞こえて参ってな。見れば貸本屋の文吉《ぶんきち》が担いだ荷をぶつけたのどうのと、ゴロツキに因縁をつけられておったのだ。見捨てて置けずに助けてやったら、せめてもの礼にと言うて長屋まで持ってきてくれたのが、その八犬傳という次第ぞ」

語る口調は、先程までと違って落ち着いている。急須に茶葉を入れ、碗の湯を注ぐ手つきからも、高ぶっていた気が静まってきたらしいと察しが付いた。

「良かったじゃねぇか、若いの」

蒸《む》らす香りに目を細めつつ、左門は言った。

「このくそ寒いのに表でふて寝をするよりは、本でも読んでたほうが幾らかマシってもんだろうぜ。腹はふくれなくっても物語でハラハラドキドキしてりゃ、心持ちだけは豊かになるからなぁ」

「うむ、その通りだな」

政秀は頷いた。

「神田におった頃には本など身近にごろごろしていたものだが、福仲堂《ふくしんどう》が潰《つぶ》れし後は縁遠くなって久しかった故、つい嬉しくてな……木戸番のおかみさんから灯油を少々分けてもろうて、読みふけっているうちに寝てしもうたのだ」

「それで可愛い本をごつい面に載っけて、気持ちよさそうにしてたのかい」

「左様……久しぶりに夢見もよかったぞ」

微笑みながら、政秀は急須を取る。

立ち上る香りも芳しい一服の茶を、二人はしみじみと味わった。

「なぁ若いの、ものは考えようだろうぜ」

「どういうことだ、嵐田殿」

「お前さん、何だかんだと言いながらも満たされてるじゃねぇか」

「馬鹿を申すな。俺は嚢中《のうちゅう》無一文ぞ」

「へっ、銭はなくても心はぎっしり詰まってんだろ？　当節は唸るほど金を持っていても他人様《ひとさま》にゃ洟《はな》も引っかけねぇ奴ばかりだってのに、素寒貧《すかんぴん》でも人助けを忘れねぇたぁ実に見上げた心がけさね。だから久しぶりに山ほど本を読めたんだろうし、上物の茶だって飲めるんだろうが。お前さんは手前で思ってるよりも、ずいぶん報われているのだぜ」

「ううむ、左様に考えたことはなかったな」

「お前さんはまだ若いんだ。もうちっと気楽に生きたほうがよかろうぜ」

「気楽に……か」

「そんなに思いつめてたんじゃ、体より先に気が滅入《めぃ》っちまう。貧乏してても心持ちさえ豊かだったら、どうにかなるんじゃねぇのかい。角馬の奴もきっとそうしているに違いねぇって、俺ぁ思うぜ」

「うむ……やはり人は、如何《いか》なる折も前向きであらねばなるまいな」

吹っ切れた様子で、政秀は微笑んだ。

頭に血が上りやすいようでいながらも、実は気のいい若者なのだ。

そんな若者が仕事にあぶれ、食うにも事欠いているとは遺憾な限り。

しかし、三十俵二人扶持の町方同心にできることなど高が知れている。

表で成し得ぬことには、裏で決着をつけるより他にあるまい――。

「ところで若いの、今夜は手が空いてるかい」

「念を押すまでもあるまいに、何《なん》としたのだ」

「なーに、お前さんにちょいと稼がせてやろうと思ってな」

「……もしや、裏の始末か」

「そういうこった。分け前は五両でどうだい」

「もちろん御《おん》の字だ。それだけあれば大つごもりに逃げ隠れせず、滞《とどこお》らせておる長屋の店賃《たなちん》もまとめて払うて、心安らかに年が越せるというものぞ」

政秀は身を乗り出した。

「して嵐田殿、こたびは何をどういたすのだ」

「島会所詰めの腐れ役人どもを引っ捕えて、懲《こ》らしめてやるんだよ」

「引っ捕えるとな？」

「あの連中、伊豆の島々から預かってる荷の横流しをしてやがってな……俺が調べたところじゃ、今日の夜更けに運び出すはずだ。そこんとこに踏み込んで、一網打尽《いちもうだじん》にしてやろうって寸法さね」

「まるで捕物だな。もとより否《いな》やはないが、それは公儀の御目付の任ではないのか」

「何も遠慮するには及ばねぇよ。あいつらがちっとも動きやがらねぇから、業を煮やした韮山《にらやま》のお代官がこっちにお鉢《はち》を回してきなすったのさ」

「されば、事を頼んで参ったのは江川太郎左衛門《えがわたろうざえもん》なのか？」

「あの殿様とは、ちょいと馴染《なじ》みなもんでな」

「さすがは嵐田殿、顔が広いな……して、皆は参れるのか」

「それがな、山田《やまだ》のご一門は今夜は都合が付かねぇそうだ。だからって伊庭《いば》の先生に助っ人をたびたび頼むのも申し訳ねぇし、鉄はこの寒さのせいで風邪気味なんで無理をさせたくねぇ。やり合ってる最中に咳き込んじまったりして、不覚を取ったなんてことになったらまずいからな」

「致し方あるまい、とっつあんも年だからな」

相槌を打つと、政秀はしみじみつぶやいた。

「頭数《あたまかず》が少ない故に分け前が増えたのか……いつになく多いと思うたが、おぬしと俺で山分けということならば、合点《がてん》がいったぞ」

「その代わり、取り逃さねぇようにしっかり頼むぜ」

「しかと心得た。任せておけ、嵐田殿」

答える政秀は喜色満面。

先程までの憂いの色は、もはやどこにも見当たらなかった。

「さーて、そうと決まれば腹ごしらえだな」

「おや、茶腹じゃ足りてなかったのかい」

「ははは、銭が入るとなれば話は別ぞ」

政秀は元気よく立ち上がった。

「されば嵐田殿、鰻《うなぎ》を馳走《ちそう》してもらおうか」

「へいへい、そう来ると思ったぜ」

「動き出すのが夜更けならば、腹ごなしをする間も十分にある故な。鰻重《うなじゅう》を三人前に白焼きも頼もうか」

「ちっ、人の足許を見るんじゃねぇよ」

「よいではないか。おぬしにも五両入るのだろう?」

「礼金を頂戴するのは事が終わってからだよ。まだ手付けも貰っちゃいねぇや」

「ふむ、お代官も存外に吝《しわ》いのだな」

「悪く言ったらいけねぇよ。手広く御用を仰せつかっていなさるだけに、持ち出しもいろいろ多いのだろうぜ」

「されば嵐田殿も俺のために、自腹を切ってもらおうか」

「おいおい、今度は遠慮なしかい」

「当てが有るのであれば話は別だ。さ、疾《と》く鰻屋へ参ろうぞ！」

「分かった分かった。ったく、現金な野郎だぜ」

背中を押されて土間に降り立つ、左門の表情は明るい。

悪党退治を請け負って高ぶっているのは、政秀だけではない。

久しぶりの依頼に気分が高揚していたのは、こちらも同じであった。

むろん、簡単な仕事ではない。

狙った相手に忍び寄って不意を突き、腕に覚えの技を振るって命を絶つだけならば事はまだ容易《たやす》いだろう。

しかし、左門の営む裏稼業は違う。

やむを得ぬ場合は斬り捨てもするが、基本は十手《じって》の力が及ばぬ悪を裏に廻って密かに懲らしめ、表に引きずり出すのが目的。長きに亘《わた》って務めてきた、町方同心としての役目の延長のつもりで戦っている。

故に裏十手なのであり、かつて政秀が仲間に加わっていた、殺しの裏稼業人たちの真似《まね》をするつもりはなかった。

悪党どもに罪を認めさせ、しかるべき報《むく》いを受けさせる。

殺すよりも難しい、難儀な悪党退治のやり方であった。

ともあれ、政秀の手を借りられるとなれば百人力だ。

少々の無駄遣いは、大目に見てやらねばなるまい。

「嵐田殿、急いだ急いだ！」

先に路地へ出た政秀は、勢い込んで左門に告げる。

好物の鰻が目の前にちらついて、居ても立ってもいられぬのだ。

「ったくガキじゃあるめぇし、食いしん坊な野郎だぜ」

嬉々《きき》として路地を駆けていく後を追い、左門も歩き出す。

太陽はだいぶ西に傾いていた。

秋の日は釣瓶《つるべ》落としと言われる通り、油断しているとすぐに沈んでしまう。

政秀には早々に腹ごしらえをさせ、夜の仕事に備えさせねばなるまい。

いつになく落ち込んでいたのを励ますために少々時を食ってしまったが、この調子であれば大丈夫。

もちろん左門自身、今宵の悪党退治に闘志を燃やしている。

事を頼んできた韮山代官の江川太郎左衛門英龍《ひでたつ》から受け取る約束の、不景気続きの当節にしては過分な報酬に惹《ひ》かれてのことだけではない。

とはいえ裏十手を始めた当初は、左門も金を稼ぐのに懸命だったものである。角馬が江戸から出奔《しゅっぽん》して大塩一味の残党に合流する際、家財ばかりか左門から譲り受けたばかりの同心株まで勝手に売り飛ばし、手にした大金を活動資金として仲間に提供するため持ち去ってしまったからだ。これでは八丁堀《はっちょうぼり》の組屋敷に住み続けるのもままならず、危うく路頭に迷うところだった。

そんな苦しい時期を乗り越えて再び十手を握り、かつての如く「北町の虎」と呼ばれるようになったものの江戸市中には相も変わらず、さまざまな悪が蠢《うごめ》いている。

老い先短い身にとって、当節の惨状は見るに堪えない。

故に表も裏も十手を握って等しく励み、稼ぐことなど二の次で、生ある限りは戦い続けようと思わずにいられぬのだ。

まして、こたびの相手は島会所詰めの役人たち。

役儀の上で取り扱う伊豆七島の特産品の数をごまかし、横流しをすることによって私腹を肥やす、許しがたい悪党どもであった。

そもそも島会所は流人の預かり先である島々の暮らしを助けるために、公儀の主導によって特産品を販売することを目的に設けられた役所。

そんな大事な品々を横領し、勝手に売りさばくとは言語道断。

島々が貧窮すれば、預かりの流人たちにも影響が出る。

角馬のためにも、悪しき一味を潰さなくてはなるまい――。

「おーい若いの、待ちなって」

尽きぬ闘志を胸に秘めつつ、左門は路地を歩いていく。

先程まで吹いていた木枯らしもいつしか鎮《しず》まり、暖かな陽射しが心地よかった。

二

閏九月十三日に老中首座の水野越前守忠邦《ただくに》が失脚し、公儀の体制は刷新された。

しかし実態は幕閣の顔ぶれが少々入れ替わっただけにすぎず、南町奉行の鳥居《とりい》耀蔵《ようぞう》をはじめとする悪しき輩の多くは現職のまま残留し、変わらず権勢を振るっている。

ここ鉄砲洲《てっぽうず》十軒町《じっけんちょう》の島会所でも、汚い連中が幅を利かせていた。

「はははははは、堪らぬのう」

悪役人は今宵も居残りと見せかけ、会所の蔵に山と積まれた黄八丈《きはちじょう》に舌なめずり。

伊豆代官に現場の仕切りを任されてはいるものの、本職は勘定奉行の配下である。

収入に乏しい伊豆七島から荒波を越えて運ばれた特産品を預かり、入れ札によって売却した儲けを還元する責任など考えもせず、帳簿をごまかして浮かせた荷を横流しすることしか頭にない。

役人といっても島会所を牛耳《ぎゅうじ》っているわけではなく、代々の頭取《とうどり》に任じられるのは富裕な商人。運営にかかる費用を負担する見返りに、自分の店でも特産品を取り扱うことによって利益を上げていた。

これは正当な役得と認めざるを得まいが、監察する立場を悪用した悪役人の所業は完全な横領でしかない。儲けを還元するどころか貴重な品々をただで取り上げ、何ら憚《はばか》らずにいるのだから質《たち》が悪いにも程があろう。

胸糞《むなくそ》の悪い光景を、左門と政秀は蔵の入口で見届けていた。

左門は黄八丈に黒羽織を重ねた、いつもの同心姿。

政秀も木綿の着物に野袴を穿き、小脇差を帯びただけの軽装であった。

たくましいばかりでなく身軽な政秀が塀を乗り越えて閂《かんぬき》を外し、左門が入り込んだ表門から蔵までの間には、番士と小者がばたばた倒れている。

ことごとく気を失い、後ろ手に縛り上げられていた。政秀が忍び寄って鉄拳をみぞおちに叩き込み、左門が早縄を掛けたのだ。手先でも欲得ずくで悪事に加担し、分け前に与《あずか》っていたのを見逃してやるわけにはいくまい。

島会所には南北の町奉行所からも与力と同心が派遣されていたが、左門と同じ北町の面々は幸いにも、悪しき一味に加わってはいなかった。

用心深い悪役人は誰彼構わず仲間に引き込むことをせず、己に劣らず欲の皮の突っ張った南町の与力のみを抱き込んで、二人で横流しを行っていたのである。

その悪与力は算盤《そろばん》を弾きつつ、蔵の一角に積まれた荷の山を丹念に数えている。

「ふむふむ、こたびはかなりの儲けが見込めるな……」

まだ四十前の、左門から見れば息子のような年である。

それが悪しき一味に何ら恥じることなく加わり、自ら算盤勘定をして悦《えつ》に入るとは重ね重ね、情けない限りだった。

思うところは、政秀も同じであったらしい。

「……呆れたものだな、嵐田殿」

「だから俺らでやっつけるのさね。そろそろ仕掛けるぜ、若いの」

「承知」

頷く政秀の肩を叩き、左門は前に進み出た。

「そこまでだ、おめーら」

「う、うぬは北町の……」

「おい九条《くじょう》、てめーも年貢の納め時だぜ」

呼び捨てにする左門には、遠慮も何も有りはしない。

たとえ相手が格上の与力であろうと、悪は悪。

表立っては裁けずとも、裏に回れば話は違う。

「く、曲者《くせもの》！」

慌てた声を上げる悪役人も、本来ならば手を出せぬ相手であった。

だが裏十手として対決すれば、こうも言える。

「曲者はてめーらだろうが。潔《いさぎよ》くしやがれい！」

「お、おのれ、町方の分際で」

「何言ってやがる。おめーの片棒を担いでんのも町方の与力だろうが？」

「うぬ……」

揚げ足を取られ、悪役人は二の句が継げない。それでも黄八丈から離れようとせずにいたのは、宝の山と承知していればこそのことだった。

呆れながらも、左門は告げる。

「おい悪党、その荷からとっとと離れな」

「な、何を申すか」

「そいつぁ島の女たちが一生懸命に織った大事なもんだ。おめーなんぞの薄汚い手で気安く触っていいはずがねぇだろうが」

「うぬっ、言わせておけば！」

悪役人は黄八丈から手を離した。

言われた通りにしたのは刀を抜き、腕ずくで左門の口を封じるため。

鯉口《こいぐち》を切り、鞘《さや》を引く動きは存外に慣れたもの。

「へっ、ちっとは心得があるらしいな」

つぶやきながら、左門も体側に下ろしていた両手を持ち上げる。

キーン。

横一文字に抜き上げた刀身が、悪役人の斬り付けを受け止める。

「むむっ……」

「手の内が甘いなぁ。腰も引けてるぜ」

勢い込んで押し付けてくる凶刃を、ぎゃりんと左門は打っ外《ぱず》す。

「うわっ」

体勢を崩してつんのめった悪役人を目がけて、左門の刀が振り下ろされる。

袈裟《けさ》懸《が》けを浴びせたのは本身《ほんみ》ではなく、捕物用の刃引き。

斬ることなく捕えるために、北町奉行所から拝借した備品であった。

一方の政秀は、与力の九条と対峙《たいじ》していた。

「嵐田の手先の分際で儂《わし》とやる気か、下郎《げろう》っ」

「……」

「わ、儂に手を出さばお奉行が、鳥居甲斐守《かいのかみ》様が黙ってはおられぬぞ！」

政秀は答えることなく、じりじりと九条に迫る。

帯前の小脇差には、手も触れない。

異変を察して会所の奥から駆け付けた、配下の同心たちが刀を向けてきても抜こうとはしなかった。

代わりに諸肌《もろはだ》を脱ぎ、たくましい上半身を露《あら》わにする。

両の腕に着けていたのは、革製の籠手《こて》。

左門が用意してくれていた、今宵の戦いのための武具である。

「ヤッ」

一人の同心が斬りかかった。

応じて、政秀は左腕を前にかざす。

カーン。

手の内を締めて打ち込んだ一刀は、金属音と共に阻《はば》まれた。

次の瞬間、同心は白目を向いてのけぞる。

政秀が繰り出した、右の拳を食らったのだ。

これは中世の昔から鎧武者《よろいむしゃ》が用いてきた、白兵戦《はくへいせん》の技。

左腕の籠手で敵の刃を受け止め、右手に握った得物《えもの》で仕留めるのが本来の形であるが政秀も左門と同様、相手の命まで無闇に奪うつもりはない。

それでいて、手加減などしていなかった。

同心たちを見返す瞳は鋭く、放つ気迫も凄まじい。

帯前の小脇差も、その気になればいつでも抜ける。

長さのある刀は柄を握った右手の動きに加え、左手で鞘を引かなくてはならないが刀身が一尺に満たない小脇差であれば、それも容易。

かつては馬手差《めてざし》と呼ばれた通り、右腰に帯びたまま利き手一本で抜き差しができる得物なのである。

しかし、いつまでも睨み合ってはいられない。

真っ先に焦《じ》れたのは九条だった。

「おぬしら何をしておるか！　曲者を早う斬り捨てよ‼」

端正な細面《ほそおもて》を真っ赤にして、九条は喚《わめ》く。

そこにドスを利かせた声が聞こえてきた。

「だったらお前さん、手前《てめえ》でやったらどうなんだい」

「あ、嵐田……」

九条は啞然と視線を向ける。

悠然と立つ左門の後方では、気を失った悪役人が倒れている。早々に後ろ手に縛り上げられ、身動きを封じられてしまっていた。

「見ての通り、相棒はとっくにおねんねしてるぜ。早いとこ枕を並べてやんなよ」

「うぬ、儂を愚弄《ぐろう》いたすかっ」

「やかましい。口より先に手を動かしな」

告げる口調に一切の容赦はない。

「与力といえば旗本格。まさか算盤しか弾けないんじゃあるめぇな？」

「おのれっ」

挑発に乗った九条は、猛然と鯉口を切る。

しかし鞘を引くのがおぼつかず、刀身は半ばまでしか抜けていない。

「遅いぜ、若造」

バシッ。

身をよじって抜き放つのを待つことなく、左門は刃引きを叩き込む。

配下の同心たちは政秀に打ち倒され、ことごとく失神していた。

「その与力には耀甲斐の息がかかっておるのだろう？　そやつだけは斬ってしもうてよかったのではないか、嵐田殿」

左門に向かって告げる、政秀は不満げだった。

「外道《げどう》のくせに、よくも人を下郎呼ばわりしおって。それでいて危なくなれば耀甲斐に助けを求めるのだから、重ね重ね呆れたものぞ」

「いいんだよ。どっちみち腹を切ることになるんだからな」

「まことか。幾ら韮山のお代官でも、そこまでは命じられまい」

「鳥居の野郎が身柄を引き取った上で、詰め腹を切らせるに違いあるめぇ。横流しに一枚嚙んでやがったことを隠し通すために……な」

つぶやく左門は、こたびの依頼に裏があるのを見抜いていた。

左門と政秀によって一網打尽にされた悪党どもは、早々に連れて行かれた。

連行先は遠く離れた韮山ではなく、本所亀沢町《ほんじょかめざわちょう》に在る江川家の屋敷。英龍より命《めい》を受けた家士たちが数隻の船で現れ、縛り上げられたのを積んで運び去ったのである。

二人が手伝うまでもない、速やかな対応であった。

目の前の江戸湾へ出て大川に入り、両国橋の手前で右手の竪川《たてかわ》に漕ぎ入って、二ツ目之橋の袂で降りれば、亀沢町はすぐそこだ。江川家の紋入り提灯さえ掲げていれば韮山代官の御用と見なされるので、途中で足止めを食らうこともないだろう。

次々に漕ぎ出していく船を、政秀はホッとした面持ちで見送っている。

黙ったままの左門を見やり、つぶやく口調も安堵したものだった。

「ふっ、これにて一件落着だな」

「いや……事はまだ、始まったばかりだろうぜ」

「どういうことだ、それは？」

「いや、何でもねぇよ」

左門は口をつぐみ、去りゆく船をじっと見送る。

それ以上は詮索することなく、政秀は話を変えた。

「ともあれ五両が手に入るな、取りっぱぐれぬようにしかと頼むぞ、嵐田殿」

「分かってるさね。明日にも受け取りに行ってくるから、楽しみに待っててくんな」

「承知した。されば、御免」

頷き返し、すっと政秀は踵《きびす》を返す。

すでに夜四つ（午後十時）を過ぎ、町境の木戸は閉じられた後。

そのまま行けば足止めをされてしまい、素性と外出の目的を番人に明かさなくては通してもらえぬが、身軽な政秀は屋根伝いに移動できるので障《さわ》りはない。

「さーて、俺も引き揚げるとしようかい」

ひとりごちると、左門は歩き出す。

こちらは町方役人、それも十手を預かる廻方《まわりかた》同心なので夜更けに出歩いたところで誰にも怪しまれず、木戸の出入りも問題はなかった。

江戸湾を横目に、左門は黙々と歩いていく。

鉄砲洲から八丁堀までは、ほんの目と鼻の先である。

ゆっくり歩いてもすぐに着いてしまうはずなのに、今宵の足の運びは遅い。

それほど疲れていたわけではなかった。

打ち倒した二人は、悪事を働く知恵はあっても剣の腕は凡百《ぼんぴゃく》以下。

老いても腕利きで体力も若い者たちに引けを取らぬ左門にとっては、肩慣らしにもなってはいない。

にも拘《かか》わらず、足は遅々《ちち》として進まずにいる。

絶えず吹き付ける潮風の冷たさに首をすくめつつ、浮かぬ顔で歩いていた。

江川英龍から頼まれた悪党退治は何事もなく終えたものの、これですべての決着が付いたわけではない。

左門が案じていたのは、耀甲斐こと鳥居耀蔵の今後の動き。

韮山代官と南町奉行は、かねてより犬猿の間柄である。

英龍は若い頃から進取の精神に富んでおり、かつて耀蔵と共に命じられた江戸湾の測量図の作成御用において旧知の高野《たかの》長英《ちょうえい》や渡辺《わたなべ》崋山《かざん》らの助力を受け、西洋の新しい技術を駆使して評価を受けた頃から、多岐に亘る分野で実力を発揮してきた。

大の蘭学嫌いの耀蔵が、このような人物を好むはずもない。

かの蛮社《ばんしゃ》の獄《ごく》では長英と崋山ばかりか英龍まで罪に問おうとしたものの、老中首座だった水野忠邦に保護されたため手を出せぬまま遺恨は尾を引き、昨年には高島《たかしま》秋《しゅう》帆《はん》を事実無根の罪に問うなど、私怨を交えた蘭学者たちへの弾圧が続いていた。

英龍にとっては迷惑千万なことであり、早く決着を付けたいはずだ。

直《じか》に対決すれば耀蔵は、神道《しんとう》無《む》念流《ねんりゅう》の免許皆伝でもある英龍の敵ではない。

しかし幕府における権力は、相手のほうが遥かに上。

しかも挑発としか思えぬ形で、親しい蘭学者を次々に罪に問うている。

韮山代官という先祖代々の名誉の職に在る身で乗せられてはまずいが、いつまでも好き勝手をさせておけるものではない。

とりわけ英龍が無視できぬのは耀蔵に抜け荷の濡れ衣を着せられ、未だ幽閉されたままの秋帆のことだった。

獄に繋がれたわけではなく、国許《くにもと》の長崎《ながさき》から江戸近郊の武州《ぶしゅう》に身柄を移され、岡部《おかべ》藩の陣屋預かりになっていて密かに面会するのも可能とはいえ、砲術のみならず最新の軍事全般に詳しい秋帆を幽閉されたままにしておくことは、かねてより沿岸を異国船に脅かされている日の本にとっての大きな損失。

まして師弟の間柄であれば、何とか解き放たれるように働きかけたいと考えるのは自然な流れであろう。

英龍を庇護する忠邦が老中首座にとどまっていれば、いずれは可能なことだったのかもしれない。

しかし忠邦は失脚の憂き目を見てしまい、英龍自身も韮山代官と兼任していた公儀の鉄砲方を罷免されてしまっていた。

（俺に南の与力をとっ捕まえさせたのは鳥居の野郎を揺さぶって、言うことを聞かすためでもあったに違いねぇ。いや、最初《はな》っから島のことなんかどうでもよくて、それが真の狙いだったのかもしれねぇな……）

そうだとしても、文句は言えまい。

今宵の仕事で左門は十両を稼ぎ、政秀に分け前を渡せる目星がついた。

生きていくには金が要る。

左門も政秀ほど食うのに追われてはいないものの、三宅島の角馬に見届け物を送り続けるために余裕は欲しい。

こたびも報酬さえ約束通りに受け取ることができるのならば、多くは問うまい。

とはいえ英龍と耀蔵の争いに、これ以上の深入りをさせられるのは御免だった。

目付だった頃は執拗に刺客を差し向け、左門の命を狙っていた耀蔵も近頃は余計なことをしてこない。

何か心境の変化があったのか、それとも町方同心一人にしてやられたのをいつまでも根に持つのは愚かなことと悟ったのかは定かでないが、このところは襲われるのも絶えて久しい。

しかし左門が英龍に再び使役されるようになったと知れば、放ってはおくまい。

一度は断りきれずに引き受けたものの、二度まで受けるのは避けたい。

（明日はお金《あし》を頂戴したら、早々に失敬しちまうか……）

そう割り切ることにした左門は、足を速めて歩き出す。

海沿いの道を抜けると、左手に波除稲荷《なみよけいなり》が見えてきた。

左門は足を止めた上で、厳《おごそ》かに柏手を打つ。

（お願い申し上げやす……これより先の厄介事は、どうかご勘弁くだせぇまし……）

祈りを捧げる顔は真剣そのものだった。

三

翌朝、左門は夜が明ける前に目を覚ました。

まずは庭の井戸で口をゆすぎ、歯を磨いて顔を洗う。

「ぶるるっ、さすがに冷てぇなぁ……」

思わず声を上げてしまうほど、釣瓶で汲み上げた水は歯に染みる。

井戸といっても掘り抜きではなく、神田上水から木製の管でもたらされる水道の水であるが、地下を伝ってくるだけに本物の井戸水さながら。夏には水菓子と呼ばれる果物、あるいは酒や麦湯を詰めた徳利を吊るして冷やすのに重宝《ちょうほう》なものの、冬は汲むだけでも一苦労。年の瀬にかけて寒くなる一方と思えばうんざりだが、萎《な》えてばかりいては何も始まらぬし、政秀に説教した手前、いつ見られても範を示せるように気を張っていなくてはなるまい。

ざぶっと掌《てのひら》で水をすくい、左門は顔を洗い始めた。

まずは目を覚ました上で、髭《ひげ》も剃らねばならない。

「どうしたのさ爺さん、やけに早いね」

縁側からお熊が呼びかけてくる。

「今日はちょいと早出をするぜ。飯はいらねぇから、着替えだけ出しといてくんな」

背中越しに告げる口調はさりげない。

これから大物に会いに行くとは思わせぬように、あくまで自然に振る舞っていた。

夜討ち朝駆けは合戦に限らず、上つ方と話をするのに欠かせぬ戦術。無礼を承知で出仕する前に訪問し、手短に話を済ませてしまいたい相手の心理に乗じつつ、上手《うま》く折り合いをつけてもらえるように導くのだ。

英龍も江戸に来ている間は毎朝登城し、御城中に詰めるはず。

面倒な話を持ち出される前に昨夜の首尾を改めて報告し、約束の礼金を受け取って早々に退散すればいい。

もとより英龍は優秀な人物であり、目下の者を動かす采配にも長《た》けている。

左門も見込まれて一時は甲州街道筋の悪党退治を命じられ、ずいぶんとキツい目に遭わされたものだが、幕府の屋台骨を支える能吏の一人であるのは間違いなく、日頃から信頼を寄せてはいた。

それに、英龍は単に仕事ができるだけの男ではない。

三宅島に送られた角馬を気遣い、折に触れて密かに近況を知らせてくれるばかりか見届け物についても責任を持ち、島に届くまで中抜きをされることのないように配慮をしてもらっている。

知性に人情も兼ね備えていればこそ、多くの者に慕われてもいるのだろう。

左門も一人の男として、英龍のことは好もしく思う。

しかし下に就いて働くのは難儀であるし、町奉行所勤めの他に使役をされることは気が進まない。

故に甲州路での影の御用を仰せつかった後は、昨夜の一件を引き受けるまで長らく仕事の話を避けてきたのである。

たとえ英龍が出仕に及ばぬとしても、長居をする気はない。

十両を受け取ったら速やかに、謹《つつし》んで退散させてもらうつもりであった。

左門が市中見廻りの持ち場としている回向院《えこういん》界隈と亀沢町は、同じ本所《ほんじょ》でも最寄《もよ》りの地。竪川に架かる一ツ目之橋を渡って、川沿いに少し歩けばすぐに着く。

「御免くださいまし」

訪《おとな》いを入れる左門はいつもの黄八丈と黒羽織ではなく、折り目正しい裃《かみしも》姿。御成先御免《おなりさきごめん》の着流しはあくまで町方御用のための装いであり、私用で旗本に会うとなれば正装は欠かせぬからだ。

お熊が怪しむため、着替えは『かね鉄』に立ち寄って済ませた。日頃から裃だけでなく、市中の探索で変装をする必要が生じたときのための衣装を預けてあるのだ。

おかねの話によると鉄平の風邪はだいぶ良くなり、明日にも床上げをして差し支えないと医者から言われているらしい。

英龍から頼まれた一件が手を離れると同時に鉄平が復帰し、いつもの日常が戻ってくると思えば喜ばしい。

(さーて、手短に話を済ませていただくとしようかね)

胸の内でつぶやきながら、左門は家士に案内されて奥へと向かう。

角馬のことで予期せぬ話を持ち出されるとは、思ってもいなかった。

「せ、倅が謀叛《むほん》を企ててるってんですかい⁉」

「うむ。島役人より昨夜に内密の知らせがあったのだ」

驚く左門を見返すと、英龍は沈痛な面持ちで告げた。

「間違いであってくれればよいのだが……な」

ぎょろりとした大きな目には、こちらを蔑《さげす》む色など無い。

韮山代官と軽輩の町方同心ではなく、共に子を持つ父親として、左門に気を遣ってくれているのだ。

それでも、真実を伏せておくわけにはいかぬらしい。

「すぐに事を起こそうとしておるわけではないが、疑いが濃いとの由《よし》じゃ」

「そんなに疑わしいってんなら遠慮をなさらず、島役人に取り調べをさせなすったらよろしいじゃねぇですかい」

「いや、そうも参らぬのだ」

いきり立った左門を咎めることなく、英龍は言った。

「かねてより伝えておった通り、おぬしの倅は島の民からの人望が厚い故な。役人といえども民心の動揺を誘うことをいたしかねるのは、何処《いずこ》も同じぞ」

「……」

左門はがっくりと首を垂れる。

礼金の十両をくるんだ袱紗《ふくさ》包みは、すでに受け取った後。

身柄を押さえた悪党どもは昨夜のうちに詮議を済ませ、悪役人と与力の九条の裁きについては、今日から勘定奉行と耀蔵を相手に交渉を始めるとのことだった。

その件については関わらずに済みそうであるが新たな事件、それも左門自身の大事が起きてしまったとなれば、早々に退散するどころではない。

しかし、英龍はそろそろ出かけなければならない様子。

「されば嵐田、今朝のところは引き取ってもらおうか」

「お、お代官……」

「気持ちは分かるが急いてはならぬぞ。おぬしの倅が短慮に走らず、思いとどまってさえくれれば是非に及ばず、島役人どもの疑いも取り越し苦労で終わる話ぞ……左様に考え、余り思い詰めぬことだ」

「も、もしも事が起きちまったらどうなるんですかい」

「おぬしも刑吏ならば重々存じておろう。そのときは御法の裁きに則《のっと》るのみぞ」

「そんな……」

「されば、参るぞ」

茫然とする左門を残し、英龍は腰を上げる。

広い座敷に独り取り残され、左門は茫然自失の態《てい》。

いつの間に廊下を歩き、表に出たのかは覚えていない。

気付いたときには『かね鉄』で布団に寝かされ、枕辺には鉄平が座っていた。

「旦那ぁ、おめざめですかい？」

「鉄……」

「ったく、驚きましたぜ」

「俺は一体、どうしてたんだい……」

「うちの若い衆が竪川沿いにふらふら歩いてなさるところをお見かけして、こいつぁ尋常じゃないってんでお連れしたんですよ。俺も寝ているどころじゃなくって、早々に床上げしたって次第で」

「そうだったのかい。迷惑かけちまって、すまねぇな」

「いえいえ。大ごとに至らなくって何よりにござんしたねぇ」

「大ごとだったら、もう起きちまってるんだよ……」

「えっ」

「聞いてくれるかい、鉄」

左門は鉄平に向き直る。

己の胸の内だけに抱えているのは、もはや耐えがたかった。

四

その日は一日、左門は『かね鉄』で過ごした。

持ち場の見廻りは鉄平が出向き、政秀が待ちかねている五両も代わりに人形町まで届けてもらったので心配ない。

だが、左門自身の大事《だいじ》は解決の目処《もくと》すら立たない。

「角馬……お前さん、一体どうしたってんだい……」

遠く離れた島に思いを馳せ、力なくつぶやくことしかできずにいた。

父親の贔屓目《ひいきめ》ではなく、出来のいい息子であった。

左門の過失で幼い頃に足に傷を負ったため、立ち居振る舞いに不自由はあるものの学問に通じており、意思も強い。

その強さが災いし、一時は誤った方向に進んでしまったものの目を覚まし、島では左門の見届け物によって家持流人《いえもちるにん》となり、その住まいを教場にして島の子どもたちに読み書きを教える日々を送っているという。

もはや世直しなど考えず、堅実に生きているとばかり左門は思っていた。

故に血迷ったことを言い出した政秀を正すこともできたのに、わが子がまたしても過ちを犯そうとしているとは由々《ゆゆ》しき大事。

英龍はああ言ってくれたものの、疑わしいというだけでも無事では済むまい。

父親としては、息子を信じたい。

だが、今は当人を問い質《ただ》すことも叶わないのだ。

「……………」

布団の上に座ったまま、じっと左門は考え込む。

障子窓越しの西日が、苦悩する横顔を照らしていた。

このまま悩み続けたところで、埒《らち》が明かぬのは分かっている。

為すべきことは、ただひとつ。

疑わしきは罰せられるのが世の習いである以上、逡巡《しゅんじゅん》している暇はなかった。

「旦那ぁ、おめざめですかい？」

鉄平が部屋に入ってきた。

向き直ると同時に、左門は告げる。

「俺ぁ島に行くぜ、鉄」

「島……でござんすかい?」

目をぱちくりさせながら、鉄平は訳も分からずに答えていた。

「江ノ島だったらもう寒いこってすし、そこの江島《えじま》さまでお参りなすったらよろしいんじゃねぇですかねぇ」

「へっ、もう少し遠いとこだよ」

他愛のない勘違いに笑みを誘われながらも、皺だらけの顔に漲《みなぎ》る決意は固い。

かくなる上は自ら三宅島まで渡り、事の真相を確かめる。

それは左門が己自身のために果たすと決めた、最後の戦いの始まりであった。

第二章　半平《はんぺい》危うし

一

夜明け前の薄暗い空の下を、一人の男が急ぎ足で歩いていく。

まだ三十前の、役者ばりの美男であった。

寝不足らしく目が赤いが、色白で鼻筋がきれいに通っており、まつ毛も長い。

優美な顔立ちなのは相変わらずだが、ほんの数年前までなよなよしていて頼りないばかりだったのに、それなりに男らしさと貫禄が備わってきた。

華奢《きやしゃ》な体付きもたくましくなり、大島紬《おおしまつむぎ》の上に重ねた対《つい》の羽織は両の肩が頼もしく張っている。細くてひょろひょろだった腰も太さを増し、北町の廻方同心として十手を握っていた頃とは違って、緩《ゆる》みがちだった博多帯《はかたおび》がしっかりと決まっている。

「まったく、あのお人は何を考えておられるのだ……」

つぶやく声にも張りがあり、以前の弱々しさは感じられない。

奉公人たちも眠りこけている中、蔵前《くらまえ》の店を抜け出して一路目指すは八丁堀《はっちょうぼり》。寒さに身をすくめることもなく、襟巻きをわずかに上げて口許を隠したのみで足をずんずん進めていく。

白い襟巻きは紬と同様に、くず繭《まゆ》から取った真綿を紡《つむ》いだ糸で織られたもの。絹でありながら光沢に乏しく木綿《もめん》に見えなくもないため、絹物の着用を禁じられた庶民が厳しい奢侈《しゃし》禁令《きんれい》の下、好んで用いた生地《きじ》であった。

役人に見咎められて紬を木綿の着物と偽ったり、隠れたお洒落《しゃれ》として羽織の裏地に派手な刺繡《ししゅう》を施して憂さを晴らすといった苦労も、もはや過去のものである。去る閏《うるう》九月に老中首座の水野忠邦が失脚し、行き過ぎた幕政の改革が頓挫《とんざ》したからだ。

馬鹿げた倹約令《けんやくれい》もすべて撤廃され、これから大江戸八百八町は以前の如く、暮らしやすくなっていくに違いなかった。

にも拘わらず、嵐田左門は江戸から出ていこうとしている。しかも老骨に鞭打って荒海へ乗り出すという、しなくてもいい苦労をするつもりでいるのだ。

そんなことを知らされて、放っておけるものではなかった。

「馬鹿げた真似をさせてはならぬ……何としてもお引き止めするのだ……」

決意も固くつぶやきながら、男はずんずん進みゆく。

夜はまだ明けていないため、町境の木戸は閉じられていた。

長屋の建ち並ぶ路地の入口に設けられた木戸と同じく、夜四つ（午後十時）に施錠されて翌朝の明け六つ（午前六時）まで開けられぬ決まりのため、番太郎《ばんたろう》と呼ばれる番人にいちいち訳を言って通してもらわねばならない。

男は迷うことなく、番小屋の障子戸を叩いた。

「何だ何だこの野郎、まだ六つにはだいぶ間があるぜぇ……」

眠りこけていたらしい番太郎は、見るからに不機嫌。

しかし男の顔を見たとたん、口の利き方まで改まった。

「おや久留米屋《くるめや》の若旦那、こんな早くからどちらまでお越しなんでございやすか」

「八丁堀ですよ。すまないが、早いとこ通してもらえるかい」

「へいっ、ただいま」

語気も強く言われるがまま、番太郎は潜り戸に手をかけた。

道全体を塞いでいる木戸は無理でも、脇に設けられた小さな戸から出入りをさせるかどうかは番人の裁量次第。

もちろん怪しい者を通行させるわけにはいかないが、相手は蔵前でも指折りの札差《ふださし》をいずれ継ぐ身。たとえ入り婿といえども、無下《むげ》に扱うわけにはいかない。

ちょーん……。

潜り戸を抜けた男の耳に、送り拍子木《ひょうしぎ》が聞こえてきた。

町境を越えて往来する者がいるのをあらかじめ知らせ、次の木戸を見張る番太郎に足止めをされることなく、速《すみ》やかに通行できるようにしてやる配慮である。

そんな気遣いも意に介さず、男は歩みを進めていく。

蔵前から両国の広小路、浜町河岸から日本橋――。

急ぎ足で歩き続ける男の表情は、真剣そのもの。

端正な細面《ほそおもて》を強張《こわば》らせ、目を血走らせている。

何としてでも、左門を止《と》めずにいられない。

不退転の決意の下に、ひたすら先を急ぐばかりであった。

組屋敷の井戸端では、左門が歯を磨いていた。

そろそろ夜は明け、町境の木戸も開く時分だ。

「あー、すっかり水も冷てぇや」

井戸端に立つ左門は日課の素振りを終えて汗を拭き、顔も洗ってさっぱりした後。

還暦を過ぎても壮健な左門は、歯もまだまだ丈夫である。

忙しくても朝夕の歯磨きは欠かさぬように若い頃から心がけてきたので、入れ歯の世話になる必要も当分なさそうだった。

とはいえ、これから島に渡るのに健康に不安を抱えていてはまずい。後になって気が付いたところで治療どころか、診察を受けることさえままならぬからだ。

そこで昨日は掛かりつけの医者に診てもらい、悪いところがあれば早々に治したいので教えてほしいと迫ったところ、この調子であれば百まで生きる、憎まれっ子世に憚《はばか》るとはお前さんのことだと、あっさり言われた。

「藪庵《やぶあん》の野郎め、若え頃から口の悪いやつだったが、年を食ったらますます歯に衣着《きぬ》せねぇようになりやがって、ふざけた屋号も相変わらずだし……まぁ、腐っても名医が太鼓判を捺《お》してくれたんだから、よしとするかい」

ひとりごちながら先を濡らした房楊枝《ふさようじ》に磨き粉をまぶしつけ、口に含む。

ほぐした先端も柔らかい、房楊枝の素材は弾力のある柳の小枝。

丁子《ちょうじ》の香りもすがすがしい粉を前歯だけでなく、奥歯の隅まで行き届くように丹念に動かす左門の手つきはまめまめしい。

と、木戸門がいきなり打ち叩かれた。

どんどんどんどん！

町方役人に官舎としてあてがわれた八丁堀の組屋敷は、直参《じきさん》の住まいにしては少々手狭で造りも簡素。それでも与力の屋敷地は二百坪から三百坪で玄関は式台《しきだい》付き。表の通りに面して冠木門《かぶきもん》まで設けられているが、同心は百坪どまりの土地にこぢんまりした屋敷を構えて周囲を板塀で囲い、門も片開きの木戸のみという体裁《ていさい》だった。

その木戸門をもうすぐ夜も明けるとはいえ、遠慮なしに叩くとは無礼な限り。

口の中の磨き粉をぺっと吐き出し、左門は井戸端から離れた。

「おい、誰でぇ」

房楊枝を右手に握ったまま、木戸越しに問いかける声は鋭い。

返された一声は、上を行く怒りを帯びていた。

「久留米屋の半平です。嵐田様……」

「何だ、誰かと思えばお前さんかい」

その声を耳にしたとたん、ホッと左門は相好《そうごう》を崩す。

「ちょいと待ちな。今開けるからよ」

告げる口調は親しみに満ちている。

房楊枝を再び口にくわえた左門は、ためらうことなく閂《かんぬき》を外す。

そのとたん、勢いよく木戸が押し開かれた。

とっさに飛び退っていなければ、顔面を直撃されていただろう。

幾《せ》ら急いているにしても、これはあるまい。

親しき仲でも、さすがに無礼が過ぎるというものだ。

「おいおい半《はん》さん、危ねぇじゃねぇか。そもそもお前さん、どうしてこんな朝っぱらから……」

「どうしたもこうしたもありますまい！」

左門の文句を途中で遮り、眉を釣り上げて男は叫ぶ。

「鉄平さんから昨夜聞きました。島に渡られるとは、如何なるご料簡なのですかっ」

「そう怒るなよ。お前さんには、今日にも知らせに行くつもりだったんだから……」

無作法な振る舞いの理由を察し、左門は怒ることなく微笑みかける。

対する男はにこりともせず、端正な顔を強張らせたままで続けて言った。

「寄り合いの帰りに『かね鉄』に寄らせてもろうたところ、どこか様子がおかしいと思うて問い質《ただ》したのです」

「そうだったのかい……お前さんは忙しいこったろうと思って知らせるのを後回しに

させてもらったんだが、かえって気を揉ませちまってすまなかったな」

悪びれることなく、左門は言った。

「鉄《てつ》はもちろん山田《やまだ》の大先生と若先生、それに政《まさ》も話を切り出されたときは面食らっていたけど、腰を据えて話したら、みんな得心してくれたよ。鉄と政の奴に至っては島までついていきたいって言い出す始末でな、船の手配をお願いした韮山のお代官を説き伏せて、乗り込む頭数《あたまかず》を増やしてもらうのに難儀をしたぜ」

「では、鉄平さんと中山様は島までお供を?」

「何だ、鉄はそこまで明かさなかったのかい」

「初耳です……」

「気を悪くしねぇでくんな。相手が半さんとはいえ御法破りになることなんで、言い出しにくかったのだろうよ」

怒りを新たにした男を宥《なだ》めようとするかの如く、左門は告げる。

「もちろん断ったんだが、年寄りを独りで行かせるわけにはいかねぇって、鉄も政もしつこくってな。ったく、鉄なんざ俺より一つ上のくせによ」

「……」

「まぁ、そこまで言ってくれるのを無下にもできず、来てもらうことにしたのさ」

こちらに気を遣いながらも相変わらず、左門の態度は何の悪気《わるぎ》も感じさせない。

息子が流された三宅島に渡らんとする決意そのものはもはや揺るぎなく、韮山代官の江川英龍には事もあろうに、渡海する船の手配を頼んであるらしい。

如何《いか》にも左門らしい豪胆さだが、男は感心するどころではなかった。

これでは余りにも水臭い。

どうしてそこまで話を進めておきながら、知らせてくるのは後回しなのか――。

「私は反対ですよ、嵐田様」

「まぁまぁ半さん、落ち着きなって」

「これが落ち着いていられますかっ」

男は白い息を吐きながら、鋭い口調で言い放つ。

「お話をいたしましょう。何としてでも、諦めていただきますよ」

そんな男を、左門は怒鳴りつけようとはしなかった。

「ひとまず中へ入ってくんな。こんなとこじゃ話もできめぇ」

「どこへなりともお供をいたしますよ。三宅島の他でしたらね……」

決意も固く告げながら、男は左門の後に続いた。

当年取って二十八歳になる、この男の名は半井《なからい》半平。

二十歳で入り婿として迎えられた、蔵前の札差『久留米屋』では家付き娘の勝代《かつよ》との間に跡取り息子を授かり、婿としての将来は安泰。

一代で店を築いた苦労人である義父の仁兵衛《にへえ》からも実力を認められ、そろそろ店の身代《しんだい》を譲り受ける話まで出ていた。

そんな順風満帆《じゅんぷうまんぱん》の若旦那が眠れぬほど思い悩み、夜明けを待てずに八丁堀まで押しかけたのも、左門が裏十手の仲間である前に、無二の恩人であればこそだった。

二

「まぁ、楽にしてくんな」

「恐れ入ります」

奥の部屋に通された半平は、改めて左門と向き合った。

お熊が火鉢の炭を取り急ぎ熾してくれたので、部屋の中は暖かい。

その暖かさにも心を動かされることなく、半平は険しい表情を崩さずにいる。

「嵐田様、さればお話の続きを……」

「まぁまぁ、どうぞ一杯召し上がってくださいな」

やんわりと話の腰を折ったお熊が勧めてくれたのは、梅干し入りの熱い番茶。

「うちの爺さんも毎朝、寝覚めに飲んでるもんなんですよ。ねぇ、頭がスッキリするんだろ？」

「ははは、その通りだ。二日酔いにもよく効くから一遍試してみな。こないだ越前守が御役御免になってからこの方、札差衆は毎晩祝い酒続きだって聞いてるぜぇ」

「昨夜の酔いでしたら、疾うに覚めております」

「だったら寒さしのぎにしたらいいやな。ほら、グッとやんなよ」

「……いただきます」

ひとまず怒りを抑えて一礼し、半平は茶碗に口をつけた。

一口啜ったとたん、たちまち驚いた顔になる。

「……これは」

「なかなか乙《おつ》な味だろう。風邪《かぜ》封じの効き目もあるのだぜ」

自慢げにうそぶくと、左門は微笑む。

出された番茶には種を抜いて食べやすくした梅干しだけではなく、生姜《しょうが》の絞り汁も入っていたのだ。

「ちょいと爺さん、何をいい気になってんだい」

横からお熊が口を挟んだ。

「これはですね若旦那、あたしのおっかさんの工夫なんですよ。山里での暮らしは体が冷えるもんですから」

「左様でしたか……いや、まことに美味ですよ」

つぶやく半平の顔からは、怒りが半ば失せていた。

「さすがは久留米屋の若旦那、おっしゃることがいちいちお上品で、淹《い》れて差し上げる甲斐がありますよ」

安堵しながらも、お熊はぼやくようにして言った。

「それなのにうちの旅籠《はたご》の男衆なんか全然見向きもしないで、どぶろくを熱くしたのばっかり喜んで……あーあ、思い出すだけでも腹が立つねぇ」

そんなお熊に調子を合わせて、左門が口を挟んだ。

「どぶろくたぁ懐かしいな。俺もちょいちょいお相伴《しょうばん》に与《あずか》ってたぜ」

「そうだったねぇ。沸かすと酒っ気が飛んじまうから、下戸《げこ》の爺さんにはお誂《あつら》え向きだったっけ」

「へっ、お前さん覚えてたのかい」

「当たり前だよ。爺さんと違って、耄碌《もうろく》なんかしちゃいないからね」

「こいつ、そんなに生意気だと嫁の貰い手がほんとになくなるぜぇ」

「へん、爺さんに心配してもらおうなんて思っちゃいないさ」

笑みを絶やすことなく、お熊はぽんぽん言い返す。

お熊は左門が英龍から影の御用を申し付けられ、街道筋の悪党を退治しながら甲州を旅していたときに知り合った、山奥の温泉宿の娘である。

二年前に左門を頼って江戸に出てきた当初は少々肥えていたものの、屋敷内の家事を毎日忙しくこなしてくれているうちに引き締まり、嫁入り前の娘らしく初々《ういうい》しくも健康な色香を漂わせている。色が白くて目鼻立ちがくっきりしており、きっちり化粧して上等の着物をまとえば、さぞ見栄えがいいことだろう。

「前から思ってたんだけどさ、もしかして爺さんはあたしが好きなのかい？」

「馬鹿野郎。おめーみてぇな小娘なんぞに懸想《けそう》するほど青くはねぇよ」

何を言われても、左門は平気の平左であった。

「そんな馬鹿なこと言ってると、国許《くにもと》の半太《はんた》が泣いちまうぜ」

「へん、半ちゃんはそんな肝っ玉の小さい男じゃないよ。そりゃ昔は悪さもしたけど今はすっかり立ち直ったって、おっかさんのくれた文《ふみ》にも書いてあったもん」

微笑ましいやり取りを、半平は笑顔で見守っていた。

冷えきっていた体が芯からぽかぽかしてきたのは、熱い番茶に混ぜた生姜の絞り汁の効き目だけではない。

左門もお熊も誰彼構わず、人前で好き勝手に言い合うほど無作法ではない。半平を親しい間柄と思えばこそ、気を許しているのだ。

「おっ、今朝は初めて笑ったな」

「ほんとだね。やっぱり男は眉根に皺を寄せてるより、笑顔が素敵なほうがいいよ」

「お二人とも、からかうのはお止めくだされ」

口々に囃《はや》し立てられながら、半平は満更《まんざら》でもない面持ち。

左門の許《もと》を訪ねると、いつもこんな調子である。

からかわれるのは嫌ではなく、むしろ心地いい。

なればこそ、何とか三宅島に渡るのを思いとどまってほしいのだ——。

「嵐田様、お話を戻させていただいてもよろしいですか」

「ああ、すまなかったな」

左門は目くばせをしてお熊を下がらせ、膝を揃えて座り直す。

半平も空にした碗を茶托《ちゃたく》に戻し、すっと背筋を伸ばす。

切々と語りかける口調は、折り目正しくも熱いものであった。

「私……半井半平の今日《こんにち》があるのはすべて、嵐田様のおかげと思うております」

「おいおい、褒めたところで茶のお代わりぐれぇしか出せねぇぜ」

「いえ。この上に何か頂戴しようなどとは、考えてもおりませぬ」

正座をしても冗談を忘れぬ左門に対し、半平はあくまで真面目。定廻同心としての御用に日々励んでいた、二年前と変わらぬ態度であった。

「私は貴方様に鍛えていただかなくば未だに半端者《はんぱもの》のままで、悪くいたさば夫婦の仲まで壊れてしもうておったやもしれませぬ……なればこそ大恩ある嵐田様とは、このような形で離れとうはないのです。こたびばかりは何卒《なにとぞ》思いとどまってくだされ」

謹厳《きんげん》な面持ちでそう告げるなり、深々と頭を下げる。

「待ちなよ、半さん」

平伏したのを抱き起こし、左門は言った。

「俺は何も、今生《こんじょう》の別れをしようってわけじゃないのだぜ。角馬の奴と会って無事を見届けたら、すぐに帰ってくるさね」

「もちろん左様なことなど望んではおりませぬ。されどひとたび大海原に漕ぎ出せば板子《いたご》一枚下は地獄と申します故、万が一のことが有り得ぬとは申せますまい……」

「大丈夫だって。俺が頑丈なのはお前さんも知ってんだろ?」

半平の背中を叩き、左門は微笑む。

だが、言われたのはたしかに有り得ることだった。

伊豆七島の周囲は潮の流れが速く、とりわけ八丈島《はちじょうじま》沖の黒潮の奔流は黒瀬川《くろせがわ》の異名で恐れられ、乗りきれずに難破する船が多い。

三宅島に至るまでの海は割と穏やかとはいえ、どうなるのかは分からない。

もとより左門とて危険なのは承知の上だが、臆するわけにはいかなかった。

それに三宅島へ渡る真の理由を半平がまだ知らぬのならば、こちらから明かすことも避けたいところである。

半平は、裏十手の仲間内で最も若い。

頭こそ切れるものの腕は立たず、敵から一番狙われやすい立場でもあった。

そんな半平なればこそ、知らずとも良いことは教えたくない。

もしも鳥居耀蔵辺りが嗅ぎ付ければ理由をつけて身柄を拘束し、拷問にかけてでも三宅島に渡った事実を聞き出し、かねてより対立している英龍は言うに及ばず、左門まで陥れようと企むのは目に見えている。流刑に処された身内に会いに行くだけでも立派な罪だが耀蔵ならば更に重罪に問うため、日の本の沿岸に出没する異国船と接触を試みたなどと、有らぬことまで捏造《ねつぞう》をしかねなかった。

渡辺崋山に高野長英ら多くの蘭学者を弾圧し、高島秋帆まで無実の罪に陥れて幽閉の憂き目を見させている耀甲斐ならば、十二分に有り得る。

もしもそのような事態になれば左門自身はもとより、裏十手の全員が危うい。

共に島に渡る鉄平と政秀はもとより半平に山田父子、さらには助っ人の伊庭軍兵衛《いばぐんべえ》秀業《ひでなり》までもが、罪に問われかねないのだ。

理由は何であれ、ひとたび裁きの場に引きずり出してしまえば、後は耀蔵の思うがままに事を運ばれてしまう。

町人の鉄平と半平はむろんのこと、士分である左門に政秀、公儀の御様御用《おためしごよう》首斬り役を仰せつかっていても身分は浪人の山田父子、さらには水野忠邦の知遇を得て書院番の役目に就いていた秀業でさえ、今は忠邦の失脚に伴って職を辞しているため南町奉行の権限で吟味ができる。ひとたび引きずり出せばこっちのものとばかりに白洲《しらす》で責め立て、極刑に処されるように事を運ぶに違いなかった。

(冗談じゃねぇぜ。伊庭の先生まで耀甲斐に裁かせちまったら、俺が幾ら腹を切ってお詫び申し上げたところで足りめぇよ……)

当年三十三歳になる秀業は心形刀流《しんぎょうとうりゅう》の八代宗家で、かつて左門が師事した七代目の秀淵《ひでひろ》の養子である。

下谷《したや》の御徒町《おかちまち》に構える練武館《れんぶかん》道場を総本山とし、実戦剣法としての強さで知られる心形刀流宗家の伊庭家では血縁にこだわらず、門下から優秀な者を選んで宗家の座を継がせるのが習わしだった。

左門にとって伊庭秀業、旧名三橋銅四郎《みつはしどうしろう》は親子ほども年が離れているものの、崇《あが》め奉らなくてはならない存在。裏十手の助太刀を買って出てくれるだけでも心苦しいというのに、断じて縄など受けさせてはなるまい。

これまでの悪党退治で証拠を残さず、無事に切り抜けてきた苦労がこたびの一件をきっかけに水泡に帰し、仲間たちが死罪や切腹を申し付けられてしまっては、左門は死んでも死にきれなかった。

そうなることを防ぐためには、半平に多くを知られたくない。

軽んじるわけではないが仲間内で最も狙われやすい以上、油断は禁物。

この場は何とか憤りを鎮《しず》め、大人しく帰ってもらわねばなるまい——。

「心配してくれるのは嬉しいんだけどなぁ、半さん。今度ばっかりは無茶をしてでも何とかしなくちゃならねぇんだよ」

「角馬殿のため……ですか」

「親馬鹿と思って見逃してくんな」

微笑みを絶やすことなく、左門は言い添える。

「俺も老い先短い身なんでな、生きてるうちにもう一遍だけ、倅と会っておかねぇと死んでも死にきれねぇんだよ。どうか料簡《りょうけん》してくんな」

しかし、半平は引き下がろうとはしなかった。

「まことですか、嵐田様」

凜《りん》とした目で左門を見返し、ずばりと告げる。

「もしや、角馬殿に謀叛の疑いがかかっておるのではありませぬか」

「おいおい半さん、あんまり人聞きの悪いことを言わねぇでくんな」

左門はとっさに空とぼけた。

「韮山のお代官からこっそり知らせてもらった通りなら、角馬の奴は子どもらに読み書き算盤《そろばん》を教えて、島の衆からも慕われているそうだ。謀叛だなんて、そんな馬鹿な真似を今さらするはずがねぇだろうが」

「されば何故、そこまで島に渡ることにこだわるのですか」

「だからさっきから言ってんだろ。俺も老い先短い身だからってよ」

「いや、左様なことではありますまい」

確信を込めて、半平は続ける。

「私が存じ上げております嵐田様は十手を握るお立場として、あくまで天下の御法に則《のっと》ることを忘れぬお方。故に裏十手の仕事においても斬るのを避け、しかるべく裁きを受けるように事を運ばれるのが常ではありませぬか。その嵐田様がさしたる理由もなく御法を破り、韮山のお代官様を動かしてまで島に渡られるなど、よほどの事情が無くば有り得ぬことです」

「……」

「遺憾な限りではございますが、疑わしきは罰するが世の習い。増える一方の流人を持て余す島々においては尚のこと、口減らしを兼ねて死罪に処することは十分に有り得ましょう。なればこそ手段を選ばず事を運び、お代官を動かしてまで島に渡られる段取りを付けたのではございませぬか」

もはや言い逃れるのは無理だった。

「負けたよ……鉄にも明かしちゃいねぇことに、よく察しを付けたもんだぜ」

溜め息を吐いて、左門はつぶやく。

「半さん、まだ勘は鈍っちゃいねぇな」

「いえ、それほどでも」

「謙遜することはねぇだろう。へへっ、俺も教えた甲斐があるってもんさね」

微笑む顔に憂いはない。

見事に事実を看破《かんぱ》され、むしろすがすがしい心持ちになっていた。

「さすがは親父の跡を立派に継いで、捕物御用を勤め上げただけのことはあらぁな」

「いえ、滅相《めっそう》もありませぬ」

「お世辞じゃねぇよ。お前さんの父御も一時はハラハラし通しだっただろうが、今頃は草葉の陰で感心していなさるだろうさ」

「まこと、その節はお世話になりました……」

答える声は懐かしげ。

半平はこれまでに二度、北町奉行所で左門と関わりを持っていた。

最初は定廻同心だった父の半井市蔵《いちぞう》が捕物出役で悪党に斬られて命を落とし、一人息子の半平が後を継がざるを得なくなったときのこと。

見習いとして初めて出仕したときの指導役がまだ五十代で、今にも増して意気盛んな左門だったのである。

しかし少年の頃から物静かで学問を好み、得意としていた算盤勘定で身を立てたいと願っていた半平は武士であることに未練を持たず、他の見習い同心たちと共に左門の厳しいしごきに耐える意味も見出せなかった。

そこで半井家の同心株を早々に売り払い、手にした二百両を持参金にして亡き父と懇意にしていた久留米屋に婿入りを果たしたのである。

だが札差は他の商人とは違って、算盤さえ得意であれば務まる稼業ではない。

久留米屋が店を構える蔵前には公儀の御米蔵が置かれており、幕府が直轄する諸国の天領から年貢米が集まってくる。

その米を受け取って米問屋に売却し、現金にするまでの面倒な手続きをすべて札差に代行してもらっていたのが、蔵米取《くらまいと》りと呼ばれる軽輩の旗本と御家人たちだ。

同じ将軍の家臣でも大身旗本が諸国の大名と同様に江戸近郊で所領を授かり、領内の農民から直《じか》に年貢を取り立てたのに対し、蔵米取りは年に三度の現物給与を受けるのみ。暮らしていく上で欠かせぬ現金を得るためには、自家で消費する分の米だけを残して売り払い、換金しなくてはならない。

その手間を引き受けたのが蔵前の札差衆で、当初はただの代行業だったのが先々に受け取る蔵米を担保に金を貸して利益を上げ、富を築くに至ったものの、何かといえば権威を振りかざして借金の返済を渋り、あるいは武力を誇示して貸し渋りをさせまいとする困った旗本や御家人も多いため、決して楽な商いではなかった。

「まさか札差があれほど揉め事の多い稼業とは、迂闊《うかつ》にも存じませんでした」

「無理もあるめぇ。お前さんはもともと世間知らずだった上に、最初の奉行所勤めは早々に辞《や》めちまったからなぁ……蔵前界隈を持ち場にしてた親父さんも、押し借りしに来なさる殿様連中の扱いにゃ苦労をしていたもんだよ」

「直《じか》に押しかけて来られるばかりではなく、蔵宿師《くらやどし》と称する無頼《ぶらい》も同然の輩《やから》を雇うて借りのある札差の店に乗り込ませることも多うございます故……勝代が私を鍛えようと躍起《やっき》になっておったのも、今にして思えば無理もないことでした」

しみじみと半平はつぶやいた。

同心株を処分して久留米屋に婿入りしたものの、存外に多い揉め事に当時の半平は対処しきれず、毎日手を焼いていた。

奉公人たちにも失笑されるほど情けない有り様に失望し、何とかしてやらなくてはと思い立ったのが、家付き娘の勝代であった。

名前通りに気が強い勝代は美男ながら気の弱すぎる夫に呆れ、再び北町奉行所勤めに戻せば日々の御用を通じて自ずと鍛えられ、同時に十手の力を得ることで久留米屋だけに限らず、蔵前の札差衆を護ってもらえて一石二鳥と判じ、同心株を売りたいと折よく持ちかけてきた角馬の話に乗ったのだ。

義父の仁兵衛も思うところは同じで、大枚二百両と引き換えに株譲りを受けた半平は否応なしに八丁堀に戻されて、左門と再会したのである。

左門に何の断りもなく、角馬が江戸を出る前にしでかしたことだと知ったところで後の祭り。妻子を連れて出てきた久留米屋に今さら帰れず、二百両も戻ってこないとあっては定廻同心の役目を全うするしかなく、独り取り残された左門のことも組屋敷から追い出すわけにもいかなかった。

かくして半平は左門とひとつ屋根の下で同居しながら教えを乞い、その左門が同心株を買い戻すべく始めた裏十手も手伝うようになり、一年の時を過ごした。

それから更に二年が経ち、還暦を迎えたばかりだった左門もすでに六十四歳。

そして半平もさまざまな経験を積んだ上で、久留米屋の身代を継ぐにふさわしい男となるに至ったのだ。

「いろいろあったけど、今のお前さんになら仁兵衛の旦那も安心して店を任せられるこったろうよ」

「万事は嵐田様のおかげにございます」

「おいおい、勝代さんの内助の功も忘れちゃなるめぇ？」

「それはその……はい」

「ま、そっちの苦労もいろいろあったからなぁ」

左門は懐かしそうにつぶやいた。

「お前さんの女房は別嬪で頭もいいけどよ、ちょいと気が強すぎるからなぁ」

「ちょいとどころではありませぬ。勝代には日々泣かされておりました……」

苦笑しながら答える半平の口調は、慇懃《いんぎん》ながらも懐かしげ。

そんな二人のところに、味噌汁の香りが漂ってきた。

目刺しを炙《あぶ》る匂いも交じっている。

「へへっ、今朝は尾頭《おかしら》付きかい」

縁側から射し込む朝日の下で、左門は嬉しげに頰を緩めた。

「長話をしちまってすまなかったな、半さん」

「こちらこそ夜も明けぬうちから押しかけてしもうて、まことに申し訳ありませぬ」

「俺も隠し事をしてたんだし、お互い様さね」

「恐れ入ります」

「それじゃ仲直りってことで、一緒に朝飯を食っていかねぇか」

「よろしいのですか」

「空きっ腹のまんまだと、人は碌《ろく》なことを考えねぇ。実はこないだも、政とそういうことがあったんだよ」

「政さんが何を言うておられたのです」

「昔の角馬と会っていたら、自分も仲間に加わっていたかもしれねぇとさ」

「えっ」

「もちろん本気で言ってたわけじゃねぇよ。腹ぁ空かせすぎた末の、世迷言《よまよいごと》さね」

「よほど空腹だったのでしょうね……」

「ははは。鰻をたらふく食わせてやったら、馬鹿なことも言わなくなったけどな」

微笑む左門に邪気はない。

半平も釣られて笑みを浮かべていた。

「こうしてお話をさせていただいておりますと、こちらのお屋敷に初めて伺うた折のことを思い出しますな」

「ああ。あの頃は吉太郎《よしたろう》も乳飲《ちの》み子《ご》だったよな。ちっちゃいのが俺のことをじーっと見上げて、にこにこしてたのが懐かしいぜ」

「近頃はすっかり生意気になりました。さしもの勝代も毎日手を焼いております」

「ま、それも母親の務めってもんだろうよ」

「私も左様に思います。こちらはこちらで、商いに励んでおりますのでね」

半平の表情はすっかり落ち着いていた。

この様子ならば、狡猾《こうかつ》な耀蔵の術中にも容易には落ちぬはず。

そう信じることにより、左門は安堵を覚えていた。

三

一方で、左門は職場への配慮も忘れていなかった。

上役の筆頭同心や同役たちには真実を伏せておくとしても、奉行にまで黙って事を起こすわけにはいかなかった。

もしも後から発覚すれば寝耳に水で慌てふためき、迅速に対処しきれずに耀蔵から付け込まれ、奉行まで御役御免にされてしまいかねない。

もとより下手《へた》を打つつもりはなかったが万が一の場合に備え、根回しだけはきちんとしておかねばなるまい。

左門はそう判じた上で、こっそり会いに行こうと決めたのである。

同心は与力と違って、直《じか》に奉行と言葉を交わすことを許されてはいない。

それでも代々の奉行は左門の武勇と人柄を認め、若い頃から可愛がってくれていたために今までは何の障《さわ》りもなく、立場を超えて親しくさせてもらっていた。

小田切《おだぎり》土佐守《とさのかみ》直年《なおとし》に永田《ながた》備後守《びんごのかみ》正道《まさみち》。

榊原《さかきばら》主計頭《かずえのかみ》忠之《ただゆき》に大草《おおくさ》能登守《のとのかみ》高好《たかよし》。

そして北町奉行となる以前から付き合いのあった、遠山《とおやま》左衛門尉《さえもんのじょう》景元《かげもと》。

北町奉行所に奉職した四十余年の間に五代に亘《わた》る奉行から評価され、格別の扱いをされてきた左門であるが、こたびばかりはそうはいかない。

去る二月二十四日に、遠山景元が大目付に転じていたからだ。

裏で鳥居耀蔵が暗躍し、当時はまだ老中首座として権勢を振るっていた水野忠邦をそそのかした結果、実現するに至った人事であった。

大目付は地位こそ町奉行より高いものの、さしたる実権を持たされていない。耀蔵は邪魔な景元を遠ざけるために、わざと出世をさせたのである。

代わって着任した奉行は大名家に連なる一族の出で、万事に手堅い人物だった。

庶民を無闇に締め付けるのを嫌った景元の方針を受け継ぎ、耀蔵の如く行き過ぎた真似をしない代わりに、思い切った手を打つこともせずにいる。

配下の扱いも規定の通りで、もちろん左門は親しく接してもらうどころか、言葉を交わしたこともなかった。

ならば勝手に忍び込み、こちらから口上《こうじょう》を述べるまでである。

かくして左門が行動を起こしたのは、半平と和解した日の夜更けのことだった。

町奉行が家族と共に暮らす役宅は、奉行所と廊下で繋がっている。

と言っても与力ならばいつでも訪ねていいわけではなく、奉行直属の家臣たちから成る秘書役の内与力《うちよりき》が必ず間に入り、用件を取り次ぐ決まりとなっていた。

ましてや一介の同心がいきなり足を運んだところで、会わせてもらえるどころか追い返されるのがオチである。

（ったく、今のお奉行はよほどの堅物らしいなぁ……あんな石頭《いしあたま》のご家来衆ばっかり揃えてたんじゃ、みんなやりにくくて仕方なかろうぜ……）

胸の内でつぶやきながら、左門は忍び足で廊下を渡っていく。

宿直《とのい》の内与力には眠気覚ましの茶に一服盛り、大人しくなってもらった。

眠り薬は量を加減し、居眠りをしたと当人が思い込む程度に効能を弱めてある。

どのみち長居はせず、必要なことだけ耳に入れたら早々に退散するつもりだった。

「お奉行、ちょいと御免を蒙《こうむ》りますよ」

左門は訪いを入れると同時に返事も待たず、障子をすっと横に開く。

奉行は布団から機敏に飛び起きざま、床の間の刀架《とうか》に手を伸ばしていた。

「何奴か！」

鞘を払って振り向きざまに問う声も、存外に鋭い。

（へぇ、体《たい》のさばきも様《さま》になってるじゃねぇか。殿様芸にしちゃ大《てぇ》したもんだぜ）

思わず左門が感心するほど、奉行は有事への備えが行き届いていた。

しかし賊と間違われたまま、斬られてしまっては堪らない。

だっと間合いを詰めると同時に、左門は奉行の肘《ひじ》を押し上げた。

そのまま手首の関節を極《き》め、刀を取り上げる。

流れるような動きで為したのは、いわゆる無刀《むとう》取《ど》りの一手。

近間《ちかま》に踏み込むのがほんのわずかでも遅れていれば、左門は三宅島に渡る前に命を落としていただろう。

しかし奉行に刀を抜き合わせて防御するわけにもいかぬし、抜き身を手にした相手を柔術で倒せば、誤って怪我を負わせてしまいかねなかった。

そこで窮余《きゅうよ》の一策として活人《かつじん》剣の秘技である、無刀取りを試みたのだ。

新陰《しんかげ》流の祖である剣聖の上泉伊勢守《かみいずみいせのかみ》信綱《のぶつな》が編み出し、高弟の柳生石舟斎宗厳《やぎゅうせきしゅうさいむねよし》に伝授した無刀取りは、柳生新陰流において門外不出の技である。

左門もかつて江戸柳生一門とやむを得ず事を構えた折に目にしたのみで、全容まではもちろん知らない。

見よう見まねながらも試みたことは、吉と出た。

「そのほうは何故に、無刀取りを存じておるのか」

問いかけてくる奉行の声は、怒りなど帯びてはいなかった。

その代わり、漂わせていたのは純然たる好奇心。

気付いた左門は、そつなく答えた。

「柳生様には失礼と存じましたが、猿真似をさせていただきましたので」

「ふむ、それでこれほどの業前《わざまえ》を示すとはの……」

つぶやく口調からも、不快の念は感じられない。

こちらに向けてくる視線も、穏やかなものであった。

「黄八丈に巻羽織《まきばおり》……そのほう、廻方の同心だの」

「本所の回向院界隈を持ち場にさせていただいております、嵐田左門と申します」

左門はいつもの伝法な言葉遣いをすることなく、物腰も丁重そのもの。

刀を返すときにも素手ではなく、武家の奥方がするように羽織の袖でくるんで捧げ持つのを忘れなかった。

「謹んでお返し申し上げます」

「うむ」

奉行は左門を咎めることなく、刀を受け取った。

左門が拾って差し出した鞘に納め、床の間の刀架に戻すしぐさも自然であった。

布団には戻らず上座に着き、脇息《きょうそく》を引き寄せる。

その面前まで左門は膝を進め、改めて深々と頭を下げた。

応じて、奉行は問いかける。

「用向きがあらば聞こう……何故に夜が更けるのを待ち、奥まで忍び込んだのか」

「お奉行にお願い申し上げたき儀があってのことにございます。何卒お聞き届けいただきたく、ご無礼を承知で参上つかまつりました」

「それは込み入った話なのか」

「いえ。お奉行にはただ、すべてを知らぬ存ぜぬで押し通していただけますれば十分にございます」

「ふむ……何ぞ目こぼしをせよと申すのだな」

奉行は淡々と左門を見やる。

「是非はすべてを聞かせてもろうた後に判じようぞ。即答はいたさぬ故、まずは包み隠さず申すがよかろう」

「かたじけのう存じます」

「苦しゅうない。はきと申せ」

落ち着き払った奉行の名は、阿部遠江守正蔵《あべとおとうみのかみしょうぞう》。

大名家の一族から分家した三千石の旗本で、大坂西町奉行を経て本年の二月二十四日に遠山景元の後任として北町奉行に任じられた正蔵は、評判通りの手堅い男だった。

だが、その落ち着きも長くは続かない。

「し、し、し、島に渡るとな⁉」

左門の話を聞き終えたとたん、正蔵は声を震わせた。

両の目を見開き、首筋まで強張らせている。

「そ、そ、それはいかんぞ、新田《あらた》」

「それがしは嵐田にございます」

「さ、さ、さ、左様か……」

かしこまって答えを待つ左門に対し、正蔵はぶるぶる震えるばかり。

三宅島に渡ることを黙認するどころか、話を耳にしただけで動揺を隠せなくなってしまっていた。

これでは耀蔵から指摘され、空とぼけるなど無理な相談。

夜陰《やいん》に乗《じょう》じて奥まで忍び込み、存外に刀勢の乗った斬り付けを防いだ上で、すべてを話しただけ無駄であった。

一方で、左門の計画は思わぬところに波紋を呼んでいた。

「嵐田が三宅島に渡るとな？」

「はい。間違いはありませぬ」

驚く耀蔵に報告したのは、前の職に在った頃から手懐《てなず》けていた小人目付《こびとめつけ》。

「あやつが存じ寄りの許《もと》を順繰りに訪ね歩き、何やら伝えておる様子であったのが気になりました故……麴町平河町《こうじまちひらかわちょう》の山田屋敷と下谷御徒町の練武館は常に門人どもが目を光らせておりますので忍び込めず、中山政秀も裏の稼業人あがりだけあって勘働きが鋭うございます故に近付けませなんだが、本日の夜明け前に久留米屋の半平が八丁堀まで足を運び、嵐田めと話し込んでおるところを盗み聞いて参りました」

「左様であったか。寒い最中に大儀であったの」

労をねぎらいながらも、耀蔵は半信半疑の面持ち。

もとより表情のない顔だが、目には微かな動揺を滲ませている。

屋敷の自室に置かれた行灯の明かりに、黒目がちの瞳がきらめく。

動揺が鎮《しず》まったのは、小人目付の話を聞き終えた後のことであった。

「成る程のう。息子の疑いを晴らすため、一命を賭して島に渡りおるか……」

「甲斐守様」

小人目付が怪訝そうに呼びかける。

耀蔵は落ち着きを取り戻した代わりにうつむいて、いつになくしんみりしていた。

「子を持つ親としては、実に見上げた心がけぞ。果たして儂に、同じことが為し得るかのう……」

つぶやく口調には蝮《まむし》と嫌われ、耀甲斐と恐れられる策士らしさなど皆無であった。

だが、そんな感傷を覚えたのもしばしのこと。

再び小人目付に向き直ったときには、常の如き態度に戻っていた。

「これは江川太郎左衛門めが一枚嚙んでおるな」

「まことですか？」

「もとより勝手に流刑先へ渡るは大罪なれど、韮山のみならず伊豆の島々まで代官として預かりおる、あやつならば易き話ぞ。嵐田らに配下を装わせ、差し向けたことにいたせば済む故な」

「韮山のお代官ともあろう御仁が、三十俵二人扶持の町方同心如きに合力《ごうりき》を……」

「江川はかつて嵐田を使役し、武州から甲州にかけての一帯の悪党どもを捕えさせておった故な。島会所の一件も、その折に紡《つむ》ぎし縁《えん》で託したことに相違あるまい」

表情のない顔で、耀蔵は続けて言った。

「致し方あるまい。嵐田左門の島渡りは見逃してやれ」

「甲斐守様、それでは我ら目付衆の面目が……」

「やむなきことと言うたであろう」

小人目付に有無を言わせず、耀蔵は席を立つ。

それは南町奉行として下《くだ》した、冷静な決断であった。

江川英龍は島会所で汚職を働いていた役人たちの罪を問うことで、耀蔵に揺さぶりをかけようとしている。

勘定奉行の配下はどうでもいいが、さすがに与力の九条は見殺しにできかねる。

罪を不問に付させる代わりに、左門の三宅島行きは黙認せざるを得まい。

部屋を出た耀蔵は、濡れ縁から庭に降り立つ。

閏九月も、そろそろ終わり。

月が明けて十月を迎えれば、年の瀬はすぐそこだ。

目付の榊原忠義《さかきばらただよし》ともども忠邦を裏切り、幕閣に残留した耀蔵の地位は安泰。

祝着至極《しゅうちゃくしごく》で年も暮れると思いきや、予期せぬ事態となってしまったものである。

だが、何も動揺するには及ばない。

忠邦の後ろ盾の下で才能を発揮していた英龍も、これから先は上手《うま》くいくまい。

師の高島秋帆が冤罪《えんざい》で幽閉され、自身も鉄砲方の役目を失い、残されたのは先祖代々の代官職のみ。

これで大人しくなるかと思いきや、英龍は逆襲に転じてきた。

こたびの島会所の一件は、耀蔵を失脚させるのが真の目的と見なすべきだろう。

南町の与力が悪事を働く現場を押さえ、上役の耀蔵にもしかるべき罰が与えられるように事を運んで、あわよくば自分と同様に御役御免にしてやりたい——。

そんなつもりでいたのだろうが、弱みを握ったのはこちらも同じ。

韮山代官が勝手に船を動かし、配下に非ざる者たちを三宅島まで送ろうとしている事実を暴露すれば、より重い責任を問われるのは英龍のほうである。

その事実を明かさぬ代わりに取り引きを持ちかければ、汚職の追及は断念せざるを得ないはず。

因縁深い対決もこたびは痛み分けということで、決着が付きそうであった。

結果として得をするのは、嵐田左門のみである。

（嵐田め、上手くやりおったな……）

星のきらめく夜空を見上げて、胸の内でつぶやく耀蔵だった。

四

月が明けて早々に、三宅島行きの船の手配が調《ととの》った。

決意も固い左門のために、英龍は段取りを付けてくれたのである。

韮山代官の配下ということにしておけば、島に渡っても怪しまれることはない。

「上手《うめ》えこといきやしたね、旦那ぁ」

左門と二人で回向院の界隈を見廻りながらも、鉄平は感心しきり。

一方で、気になることもあるらしい。

「ところで旦那、新しいお奉行には隠したまんまでよろしいんですかい？」

「仕方あるめぇ。北町にお越しなすったばかりなのに目でも回しちまったら大変じゃねぇか。浮世離れしたお人だって噂ぐらい、お前さんも聞いてるだろ」

「ご配下の旦那がどえらいことをしでかしたって、後から知らされたほうがよっぽど慌てなさると思いやすがねぇ」

「要は俺らが無事に戻ればいいだけのことさね。病にでも罹《かか》ったことにして、上役の筆頭同心にだけは届けを出しておくよ」

「そうですかい……そのほうがよろしいかもしれやせんね」

鉄平は溜め息交じりにつぶやいた。

新任の奉行が噂通りの人物であるのなら、左門の判断も妥当と思えたのだ。

先月に左門が夜陰に乗じて寝所まで忍び込み、三宅島行きを訴えたものの聞く耳を持とうとしなかった阿部遠江守正蔵は、なぜか就任から一年にも満たぬ十月一日付で異動となり、十月十日に鍋島内匠頭直孝《なべしまたくみのかみなおたか》が北町奉行として新たに着任していた。

直孝は当年四十五歳。佐賀藩主の五男に生まれ、分家の旗本の養子となったものの長らく無役《むやく》の寄合《よりあい》席に在り、四年前の天保十年（一八三九）から寄合の世話役である肝煎《きもいり》を三年余り務めた後に格上の小普請《こぶしん》組支配となり、町奉行に抜擢されるに至った苦労人である。

ならば話を聞いてくれるのではないかと考えるほど、左門は甘くなかった。

「新しいお奉行が号を持っていなさるのを知ってるかい、鉄」

「へい。たしか杏の葉とかって書くんでござんしょう」

「ぎょうようって読むんだよ。鍋島家の紋所にちなんだ二つ名さね」

「そういや、そんな形をしておりやしたね」

「もともと馬具《ばぐ》の飾りのことなんだが、乱世の昔の北九州じゃ大層な誉《ほま》れのある紋《もん》所《どころ》だったそうだ」

「それなら軍記物の講釈語りで聞いた覚えがありますぜ。もともとは大友《おおとも》様のご家紋だったのを、龍造寺《りゅうぞうじ》様がぶん捕りなすったんでしょう」

「昔は下克上《げこくじょう》ってのが当たり前だったからな。その龍造寺が島津《しまづ》に敗《やぶ》れて衰えた後を家臣だった鍋島様が紋所ともども受け継いで、今に至っていなさるってわけだ」

「そうだったんですかい」

「それまで主君だったのが臣下にされた龍造寺にしてみりゃ、恨み骨髄だろうよ。何しろ一族の碁の名人が鍋島の殿様に手討ちにされちまって、可愛がってた猫が化けて出て恨みを晴らしたって話まで、まことしやかに伝わってるぐれぇだからなぁ」

「化け猫ですかい。新しいお奉行とは、まるで結びつかないお話でござんすね」

鉄平は苦笑した。

この伝説が鍋島の化け猫騒動として不名誉な形で世間に知れ渡ったのは、十年後の嘉永《かえい》六年（一八五三）に芝居となった後のこと。天保の世において鍋島の家名を大いに高めていたのは、朝顔作りの名人である直孝の存在だった。

直孝は寄合席の頃に朝顔の栽培法の工夫に研鑽し、今では変わり種の花を咲かせる名手の「杏葉館」として、広く世間に知られている。

「そういや与力の連中が噂をしていたぜ。お奉行は引っ越してきて早々に、奥の庭に室《むろ》をおっ建てなすったそうだ」

「早出しの野菜を育てる、あの室のこってすかい」

「春まで待っちゃいられねぇんで、今のうちから種蒔《ま》きをしようってことだろうよ」

「ううん、ほんとに朝顔のことしか頭にないお人なんですねぇ……」

「だから島行きの話なんか、わざわざお耳に入れねぇほうがいいんだよ。どうせ俺ら下っ端の同心なんざ最初《はな》っから眼中にないこったろうし、お奉行の知らぬ間に行ってきて素知らぬ顔で戻ってくれれば、それでいいのさ」

「承知しやした、旦那。何があっても必ず帰って参りやしょう」

「ありがとうよ。政ともども世話をかけちまってすまねぇが、しっかり頼むぜ」

鉄平の励ましに、左門は笑顔で応えた。

「ところで政の奴、またお前さんとこに顔を出すようになったそうじゃねぇか」

「へい。ここんとこ妙に遠慮をしてたのが嘘みてぇに、しれっと来ては大飯喰らって台所を手伝ったり、裏で薪割りをしておりやすよ」

「ははは。そいつぁきっと、食いだめのつもりだろうぜ」

「食いだめ……でござんすかい？」

「島に渡ったら米麦どころか、稗《ひえ》や粟《あわ》も碌に口には入らねぇから、そのつもりでいてくれよってあらかじめ言っておいたのさ」

「成る程ねぇ、それで冷や飯だろうと文句を言わず、美味そうにばくばく平らげてるんでござんすね」

「まず大丈夫だろうが、食い過ぎで体を壊さねぇように気を付けてやってくんな」

「承知しやした。旦那のほうこそ、お熊ちゃんには因果を含めたんですかい？」

「あいつだったら心配ないよ。角馬とも島送りになる前に会ってるからな……ぜんぶ話しても驚かねぇで、留守は任せておくれと請け合ってくれたよ」

「いい娘でござんすねぇ」

「お前さんこそ、恋女房としばらく離れることになるのだぜ」

「分かってまさぁ。風邪っ気もすっかり抜けましたんで、毎晩励んでおりやすよ」

「いい年こいてよくやるなぁ。ま、程々にするのだぜ」

「心得ておりやす」

昼下がりの陽光の下、二人は笑みを交わし合う。

と、そこに若い男が駆けてきた。

見れば、久留米屋の手代である。

あちこち探し回った後らしく、息が荒い上に汗まみれ。

この寒空の下では、すぐに風邪をひいてしまいそうだ。

「あ、嵐田様……」

手代はよろめきながら近寄ってきた。

「どうしたんだい、こんなとこまで？」

「わ、若旦那が……」

「落ち着きなよ。半さんが一体どうしたんだい？」

ぐったりしたのを抱き起こし、左門は手代に問いかける。

しかし、すぐには話せそうにない。

鉄平は気を利かせて近くの茶店に走り、水を汲んだ碗を片手に戻ってきた。

左門は碗を受け取ると、口許まで運んでやった。

「さぁ、まずはこいつで口を湿らせな。むせねぇように少しずつ飲むのだぜ」

「す、すみません……」

わななきながら、手代は喉を鳴らして水を飲む。

人心地付いたところで明かしたのは、思いがけない話であった。

左門たちが出航を間近に控えたときに勃発《ぼっぱつ》した、予期せぬ事件。

それは久留米屋のみならず蔵前の札差衆からの期待を一身に集める、半平が拐《かどわ》かされるという一大事だった。

「無事でいてくれよ、半さん……」

後ろ髪を引かれる想いの左門であったが、今さら予定は変えられない。

三宅島に向かう船は、江戸を離れた下田《しもだ》の港から密かに出航する手筈《てはず》となっていた。

極秘の渡航であり、通常の流人船のように江戸湾までは迎えには来てもらえぬので左門たちは刻限に遅れぬように、現地へ出立しなくてはならなかった。

「仕方あるめぇよ左門さん。後のことなら俺らに任せな」

そう左門に言ってくれたのは、伊庭秀業。

心形刀流の若き宗家は、粋でありながら情にも厚い男であった。

「山田殿とも話はしてきたよ。見送りには来られずにすまないが、無事の戻りを待つとの言伝《ことづて》だったぜ」

「すみやせん、先生……」

「いいってことさね。お前さんはただ、無事に行って帰ってくることだけを考えてるがよかろうぜ。こっちのことは、留守の間に何とかしておくさね」

「よしなにお頼み申しやす。半平は俺にとっては、息子も同然でございやすんで」

「おいおい、そんなことを言ってると久留米屋のあるじが怒るぜ。今頃は海の向こうで角馬さんもくしゃみをしてるんじゃねぇのかい？」

年嵩《としかさ》の門人を励ますべく、秀業は終始軽口《かるくち》ばかり叩いていた。

笑みを絶やさずにいた顔が鋭くなったのは、左門たちを乗せた小船が江戸湾に漕ぎ出し、見えぬほど遠ざかった後のこと。

麹町の平河町でも、山田父子が動き始めていた。

「大塩一味の残党……にございますか、義父上《ちちうえ》」

「町方では左様に見なしておるらしい。新任の北のお奉行が申されていた」

「鍋島内匠頭様が、そのように？」

「うむ。お大名のご子息にして未だお若いが、なかなかの切れ者であらせられるぞ」

「されば、半平殿の探索にも」

「表沙汰にはできかねる故、隠密裏に進めさせるとの仰せであった」

「それは頼もしゅうございますな」

「我らは我らで、抜かりのう調べを付けるといたそう」

山田吉昌《よしまさ》と吉利《よしとし》の父子は、江戸でも指折りの試刀術の手練《てだれ》である。

左門の裏十手を助けてきたのは土壇場《どたんば》で罪人の首を打つばかりでなく、浪人の身分ながらも将軍家に長らく用いられてきた立場として、大江戸八百八町を護る手助けをしたいと願えばこそだった。

半平の救出に動いたのも庶民の日々の暮らしに欠かせない米を左右する、札差衆の期待を背負っていればこそ。

もちろん、共に左門を支えてきた仲間としての情もある。

「ゆめゆめ死なせてはなるまいぞ、吉利。嵐田のためにも……な」

「しかと肝《きも》に銘《めい》じまする、義父上」

決意も固く、父子は探索に動いた。

将軍家のみならず、大身旗本や諸大名からも所蔵する名刀の試し切りを請け負っているため、人脈は自《おの》ずと広い。

大坂での無念を晴らすべく、江戸で事を起こさんとする悪しき一味は将軍家直参の旗本たちにとっては討たねばならない存在であり、今さら徳川の天下を覆《くつがえ》そうなどと思ってもいない大名家でも、匿《かくま》って得をすることなど何もない。それよりも日頃から世話になっており、これからも金を貸してほしい札差の大店《おおだな》の若旦那を助け出すのに手を貸すことで、恩を売っておくほうが遥かにいい——。

そんな心理を踏まえた上で、山田父子は御様御用のお得意先にさりげなく話を持ち込んだのである。

しかし、鳥居耀蔵はそうした動きを見逃しはしなかった。

「得になる話とほのめかせば旗本も大名も目の色を変え、家中の士はもとより抱えの中間《ちゅうげん》どもまで走らせると見込んだか……山田朝右衛門《あさえもん》め、刀を振るうばかりが能ではないらしいの」

「負けてはいられませぬぞ、甲斐守様」

目付の榊原忠義も、思うところは耀蔵と同じだった。

このまま半平が死んで見付かれば、久留米屋をはじめとする札差衆も自ずと勢力を削《そ》がれることになる。

仁兵衛に代わって皆を束ねる後継者を失い、公儀に反発をしなくなれば好都合。

耀蔵は左様に判じ、南町奉行所による探索の手をわざと緩めさせた。

その点は忠義が率いる小人目付衆も同様で、本来の役目である直参旗本と御家人の監察にのみ注力し、一切の関与をしなかった。

共に旗本である以上、さすがに将軍家に対して弓を引く無頼の一団に手を貸すわけにはいかないが、こうした形で人質を死に至らしめる手伝いはできるというもの。

それぞれの思惑が渦巻く中、半平の行方は知れぬまま日数ばかりが過ぎていく。

一方の左門は、徐々に三宅島へと近付いていた。

五

嵐が去った海は、穏やかに凪《な》いでいた。

しかし、まだ油断はできない。

沿岸ではわずかでも舵取りを誤れば岩礁《がんしょう》に激突し、たちまち船は沈んでしまう。

江戸での半平の安否も気懸かりだが、まずは無事に上陸を果たすのが先である。

「そろそろ着きやすぜ、旦那ぁ」

船縁に立つ左門に、鉄平が呼びかけてくる。

「大いに働いた故、腹が減って参ったな。何でも構わぬ故、陸に上がったら食わせてもらうといたそうぞ」

政秀もそんなことを言いながら、張り切って上陸の支度を進めていた。

爽やかな潮風が吹き抜ける青空の下、水夫たちもそれぞれの作業に励んでいる。

左門だけが、いつまでも思いに耽《ふけ》ってばかりはいられまい。

（待ってろよ、角馬。もしも道を違《たが》えてやがったら、今度こそ性根《しょうね》を叩き直してやるぜ……）

袖をまくって手伝いに加わりながら、胸の内でつぶやく左門であった。

第三章　男たちの絆《きずな》

一

半平が囚われていたのは昼なお暗い、小さな土蔵の中だった。

荒縄で高手小手《たかてこて》に縛り上げられ、身動きひとつ取れずにいた。

顔は無残に腫《は》れ上がり、髷《まげ》も崩れてしまっている。

いつも小粋に着こなしている紬は襟も裾も乱れ、覗いた肌はあざだらけ。責め問いをされる咎人《とがにん》と同じ扱いを受け、散々打ち叩かれた後となれば無理もあるまい。

「ははは……初めて会うたときより男ぶりが上がったな」

割れ竹を片手に笑い声を上げたのは、まだ若い浪人者。

着物も袴も古びて垢染《あかじ》みた木綿物で、髪は月代《さかやき》を剃らずに伸ばし放題。見るからに食い詰め者といった風体《ふうてい》の、面構えも凶悪な手合いだった。

「もしや助けが来ると思うて耐えておるのか？　ははは、ならば無駄な望みは捨ててしまえ。まさか久留米屋の若旦那がこんなところにおろうとは、たとえお釈迦様《しゃか》でも気が付くまいよ」

ぐったりしている半平を見下ろし、若い浪人はにやつく。

「黙りおれ、中津《なかつ》。寺の近くで左様な戯れ言《ざごと》を申さば罰《ばち》が当たるぞ」

すかさず叱り付けたのは、隣に立つ年嵩《としかさ》の浪人者。

疾《と》うに四十を過ぎていると見受けられる、落ちぶれて尾羽《おは》打ち枯らしていても思慮深そうな男である。

仏罰を恐れぬ相棒を黙らせただけではなく、半平に念を押すのも忘れない。

「おぬし、まだ一筆したためる気にならぬのか」

傍らにしゃがんで呼びかける口調は、終始落ち着いたものだった。

「悪いことは申さぬ。早々に覚悟を決め、久留米屋から金を借りておるすべての旗本と御家人に文《ふみ》を書くのだ。今すぐに元金だけをお返し願えれば、滞《とどこお》りし利息はすべて帳消しにさせていただきますとな」

「……」

「何も難しいことではあるまいぞ」

黙して答えぬ半平に、浪人は続けて語りかける。

「金と引き換えにいたす借用証文は、我らの仲間がおぬしの義理の父親《てておや》……久留米屋仁兵衛から、すでに受け取っておる故な。後は直参どもを呼び集め、それがしと中津がおぬしの名代《みょうだい》として金を余さず頂戴するだけだ。むろん事が済めばおぬしは無事に帰してやるし、久留米屋にも手は出さぬ」

「……」

「妙案とは思わぬか、おぬし」

浪人は真面目な顔で言った。

「ここに来てもろうて早々に伝えしことだが、我らは僭越《せんえつ》ながら亡き大塩先生に成り代わり、水野越前守を除いただけで安閑《あんかん》としておる幕閣に、さらには将軍家に天誅《てんちゅう》を下《くだ》さんとする義士の一党だ。であるが故、大望を成す元手も出どころを問わぬというわけではない。そこで俺が案じた一計は蔵前でも指折りの札差であるおぬしを使うて直参どもを謀《はか》り、巻き上げた軍資金で武器弾薬を買い付けて御側御用取次《おそばごようとりつぎ》から老中に若年寄、仕上げに将軍を亡き者にしてやることよ。事もあろうに将軍家に仕える直参どもがこぞって金子《きんす》を持ち寄り、我らがあやつらの主君を空《むな》しゅうするための手助けをしてくれるのだから、これほど痛快な話はあるまい」

「……」

勝手なことを言う浪人を見返す、半平の視線は鋭い。

体を痛め付けられても、まだ気持ちの上では負けていなかった。

「ふん、どうやら仕置が足りぬらしいな……」

すかさず凄みを利かせたのは、中津と呼ばれた若い浪人。

不気味な笑みを浮かべながら迫る顔は、凶悪そのもの。

再び散々打ち叩き、力ずくで従わせるつもりなのだ。

それでも半平は臆することなく、キッと睨み返す。

「こやつ！」

怒声を上げながら中津が進み出る。

びしっ。

割れ竹を振るうより早く、半平の肩口に叩き付けられたのは刀の鐺《こじり》。

「佐野《さの》さん？」

驚く中津に構わず、年嵩の浪人は続けざまに振り下ろす。

若い相棒が凄んでいる間に鞘のまま、刀を左腰から抜き取ったのだ。

鞘尻に鉄の鐺を嵌《は》めた上に、頑丈な鉄輪《かなわ》が幾つも巻かれた鞘は、荒っぽく扱っても割れてしまうことはない。

打ち叩かれる側にとっては、堪ったものではなかった。

「うっ……ぐうっ……」

半平は為す術《すべ》もなく、苦悶の呻きを上げるばかり。

手足を動かせぬため、避けることもままならない。

薄暗い部屋の中、凄惨な仕置は続く。

休むことなく半平を痛め付ける、佐野の手の内は錬《ね》れていた。

柄《つか》を握る十指を的確に動かし、遠心力を存分に発揮すれば、一撃の下に叩き殺してしまうこともできるはず。

しかし、佐野はそうしない。死なない程度に痛め付けて音《ね》を上げさせ、思い通りに動かすつもりなのだ。

びしっ……ばしっ……

肉を打つ、重たい音が絶えることなく続く。

もはや半平は呻き声さえ出なかった。

天窓から射し込む光が、痛々しい有り様を無情に照らしている。

その土蔵は回向院の正門とは目と鼻の先に在る、太物屋《ふとものや》の持ち物だった。

絹織物を扱う呉服屋に対し、木綿と麻の反物を専門に商う店を太物屋と呼ぶ。

水野忠邦が発した奢侈禁令によって庶民が絹物の着用を禁じられ、安い木綿の着物をやむなく用いていた頃には売れ行きも良かったものの、忠邦が失脚して禁令が撤廃されて以来、好きこのんで買いに来る物好きなど誰もいない。

その太物屋も山ほど抱えた在庫を処分した上で奉公人たちに暇を出し、店を畳んで田舎に引っ込む矢先であった。

佐野と中津はそこに目を付け、入り込んで根城にしたのだ。

あるじ夫婦は二人に始末され、床下で眠っている。

暑い盛りであれば早々に異臭が亡骸《なきがら》から漂い出て、隣近所から気付かれただろうが季節はすでに冬である。地面も深く掘って埋めたので当分は問題なく、界隈の人々も引っ越しの準備で忙しいのだろうと気を遣い、訪ねて来ない。

されど、のんびり構えてはいられなかった。

「ちっ、気を失いおったか……」

佐野が苛立たしげにつぶやいた。

足元に転がる半平は微動だにせず、息も絶え絶え。

中津が気を利かせて呼びかけた。

「水を汲んで参ろうか、佐野さん」

「うむ、かたじけない……」

「お安いご用だ。打ち役は今度こそ俺に任せ、貴公はしばし休まれよ」

にやりと笑い、中津は土蔵から出て行く。

後に残った佐野は、荒い息を吐きながら半平を見下ろす。

「忌々《いまいま》しい青二才め、手間をかけさせおって……」

つぶやく口調は先程までと違って、明らかに焦りを帯びていた。

幾日も身を潜めたまま、時を費やしてなどいられない。

今のところ近所の自身番や木戸番にも目を付けられておらず、この界隈を持ち場とする左門も半平の居所を突き止められぬまま、鉄平ともども姿を見せなくなったので町奉行所の見廻りも甘いが、表も裏も心張り棒で戸締まりして客を寄せ付けず、幾日経っても引っ越さずにいれば、地主の代理で家屋を管理する家主もさすがに怪しんで通報しかねない。一日も早く半平を屈服させて文を書かせ、軍資金を集める段取りを速やかに整えなくてはならなかった。

容易《たやす》く模造できるのならば、苦労は要らない。

半平は算盤の扱いが達者なばかりでなく、書も達筆。しかも流麗ながら癖のある筆使いで、書に堪能な佐野の腕前を以てしても、完璧には模倣しがたい。

それはいずれ久留米屋を継ぐために半平自身が日頃から意識し、書類の偽造を防ぐべく身につけた独特の筆致であった。

「若造が扱いにくいのは何処も同じだが、こやつはまことに腹立たしいわ……ひ弱なくせに、いつまで意地を張るつもりか……」

独り毒づく佐野は、半平が左門と交わした約束を知らない。

三宅島まで同行することを断念する代わりに、不在の間に悪党どもが横行するのを許しはしない。

裏十手の仲間たちと共に留守番の役目を果たしながら、無事の戻りを待つ――。

過酷な責めに半平が耐え抜いているのも、その約束を守りたいが故のこと。

わが身に万が一のことがあり、たとえ再び会えなくなったとしても、左門が寄せてくれた信頼を裏切りたくはなかった。

二

半平が孤独な戦いに耐えているのを、左門たちは知らない。

沖で船を停泊させ、迎えの小舟に乗り換えて上陸したのは、三宅島でも一番大きい伊《い》ヶ谷《がや》村の大船渡湾《おおふなとわん》。

「ホッとするなぁ、とっつあん」

「ほんとだな。へへへ、生き返った心持ちだぜぇ」

「ほんとだな。とっつあん」

久々に地面を踏み締め、政秀と鉄平は微笑みを交わし合う。

共に紺木綿の半纏をまとった上から帯を締め、股引《ももひき》に紺の脚絆《きゃはん》を巻いて、足拵えは紺足袋に草鞋履き。後ろ腰には、真鍮《しんちゅう》の金具が付いた木刀を一振り差していた。

武家に仕える従者の装いである。

船の中でまとっていた常着を脱ぎ、上陸する前に二人して着替えたのは、何も大風でずぶ濡れになったからではない。

江川英龍に島まで渡る手配をしてもらった左門は、韮山代官所から派遣された役人になりすましている。そこで同行を志願した二人も左門に合わせ、怪しまれぬように従者の衣装を揃えたのだ。

左門に頼んだわけではなく、自ら買い揃えたものである。

裏十手の悪党退治で五両の分け前が懐に入ったばかりとはいえ、年中金欠の政秀にとっては痛い出費だったが、自ら付いていくと言い出したからには仕方ない。諸方に溜まったツケも生きて戻れなかったときのことを思えば踏み倒すには忍びず、すべて清算して店賃《たなちん》もきちんと納め、残った金子《きんす》で衣装一式を揃えた後は、好物の鰻を毎日飽きるほど食って、一文残らず使い果たしてきた。

後に悔いを残さぬようにしたのは、鉄平も同じであった。

年下の恋女房であるおかねと毎晩睦《むつ》み合っただけではなく、一日休みを取って江戸市中の名所を二人きりで巡り、そろそろ見納めの紅葉も楽しんできた。

何処かに捕えられている半平の安否を思えば心苦しいことだが、それとこれとは話が別である。もしかしたら今生《こんじょう》の別れになるかもしれないと思えば、居ても立ってもいられなかった。

かくして後顧《こうこ》の憂《うれ》いをそれぞれ断ち切った上で江戸を離れた政秀と鉄平は、三宅島の空を万感の思いで見上げていた。

敬愛する左門を助けて事を収め、無事に江戸へ帰りたい。

そんな切なる願いを込めて、晴れ渡った空を眺めやっていた。

左門は独りで沖の船まで戻り、積んできた荷をここまで運ばせる指示を出している最中だった。整備が行き届いた港とはいえ、五百石船までは入れないからだ。

もちろん二人も手伝うつもりだったが左門から待機するように命じられ、凪《なぎ》の海と晴れ空を飽かず眺めている次第であった。

「それにしても気持ちがいいぜ。江戸とは違って、ずいぶん暖《あった》けぇな」

「さもあろう。冬は暖かく夏は涼しく、実に過ごしやすい土地柄なのだそうだ」

「ほんとかい？　だったら噂と違って暮らしやすいんじゃ……」

「ただし油断は禁物ぞ、とっつあん」

鉄平の言葉を途中で遮り、政秀は小声で告げた。

「沖からも見えておったが、島の中央に大きな山があるだろう」

「そのぐれぇは覚えてるぜ。雄山《ゆうざん》って言うんだろ」

「左様……古来より火の山であり、幾度も噴火しておるそうだ」

「富士のお山や浅間山《あさまやま》みてぇに……かい？」

「うむ。それも回数が多い故、気が抜けぬらしい」

「おいおい、脅かしっこなしだぜぇ。まさか今にも火を噴くわけじゃあるめぇに」

「もちろんすぐにということはあるまいが、憂慮いたさねばならぬのは土地に及ぼす数々の障《さわ》りだ」

「よくねぇことでもあるのかい」

「百三十年余りも昔のことだが宝永《ほうえい》の頃に富士山が噴火し、江戸市中にまで灰が降り注いだ話は存じておるか」

「ああ。昼日中から急に空が真っ暗になっちまって、まるで雪みてぇにずんずん降り積もったってんだろ」

「左様。日が暮れても降り続け、黒く化した灰は塵となりて市中を覆い、多くの者が激しい咳に襲われて苦しんだそうだ。しかも噴火はひと月余り続いた故、量こそ当初よりは減ったものの、降ったり止んだりを繰り返したと記録に在る」

「そんな大ごとだったのかい⁉」

「そういうことだ、とっつあん」

政秀は頷き、続けて言った。

「そしてこの島は、大ごとの源である火山を丸ごと抱えておる……。近くは八年前の乙未《きのとひつじ》の年に山腹から火が噴き、溶けた岩が流れ出たそうだ」

「えっ、岩が溶けるのかい？」

「当然であろう。鍛冶《かじ》が扱う鋼《はがね》も元は岩のかけらでありながら、ふいごで風を送りて炎を燃やし続ければ、柔らこうなるのだぞ」

「それじゃ地べたの下には、かっかと燃えてる火があるってことなのかい」

「左様に判じれば、幾度《いくたび》となく噴火するのも得心できよう。あくまで年月《としつき》を空けた上での話だがな」

「……まさか俺らがいる間に、そうなったりはしねぇよな?」

「しかとは申せぬ。天地の営みは、我ら衆生《しゅじょう》にはもとより窺い知れぬことぞ」

「………」

鉄平は黙って俯いた。

老いてもたくましい体が、ぶるぶる震えている。

さりげなく肩に手を置き、政秀は肩越しに視線を巡らせる。

港の船着き場には積み荷の第一便が早くも届き、荷揚げの作業が始まっていた。

左門は作業が済むのを待って戻るつもりらしく付き添ってはいなかったが、指示は抜かりなく、水夫衆に出しておいてくれたらしい。

鉄平も震えてばかりはいられない。

「なぁ、俺らも手伝ったほうがいいんじゃねぇのかい」

「うむ、もとよりそのつもりだ」

小声で問いかけられるや、政秀は即座に頷いた。

「嵐田殿は休んでおれと言うてくれたが、我らはこの島に早う馴染む上でも、進んで動かねばなるまい」

「そういうこったな。角馬さんが旦那と素直に話をしてくれればいいが、もしも隠し事をしていなさるようなら、無礼を承知で俺たちが探り出さなきゃなるめぇよ」

「されば、参るか」

「合点だ」

頷く鉄平は、もはや震えていなかった。

政秀と肩を並べて歩き出す足の運びも、常と変わることなく力強い。

船着き場に向かいながら、二人は声を潜めて言葉を交わす。

「あの荷揚げをしている連中は流人なのかい?」

「いや、島人であろう。迂闊に荷揚げなどやらせれば、中抜きされるのは目に見えておる故な」

「違いあるめぇ。運ばれてくんのは食い物と相場が決まってんだから、隙あらば抜き取る気が満々なのだろうよ」

「うむ。生き残るためとなれば、尚のことぞ」

つぶやく政秀の声には我知らず、共感が籠もっていた。

悪事の報いで島送りにされた連中に、もとより同情などしていない。

それでも、食えぬ辛さは十分に分かる。

しかも政秀の場合は武士の矜持《きょうじ》を捨てて他人の好意に甘えれば、少々ひもじくとも飢えて死ぬまでには至らない。

だが、島送りにされた流人たちにとって食えないことは死に直結する。

左門が江戸から山ほど積んできた米と麦は、それこそ垂涎《すいぜん》の的だろう。

そう思えば、見張りに立つのは当然のこと。

たとえ荷揚げに従事しているのが島の人々だけであっても流人に同情し、あるいは買収されたり暴力で脅されたりして、隠した荷を後で届けようとする者がいないとも限らぬからだ。

「ちと立ち会わせてもらうぞ、おぬしたち」

「おう、頼むぜ」

政秀の呼びかけに頷くと、船着き場に立った水夫はさりげなく目くばせする。

彼らは船出に際して英龍の指示を受けており、左門はもちろん政秀と鉄平の素性も承知の上で、正体が露見しないように従者扱いをしてくれていた。船の上で同じ釜の飯を食い、大風の吹き荒れる中で助け合った仲であるだけでなく、もしも事実が発覚すれば自分たちまで罰せられてしまう以上、協力せざるを得ないからだ。

政秀と鉄平は船着き場の左右に分かれて立ち、黙々と荷を運ぶ島の人々の一挙一動にさりげなく目を光らせる。

赤銅色《しゃくどういろ》に日焼けした男衆の中には、女も幾人か混じっていた。いずれもお世辞にも美人とは呼べないご面相だが体付きは引き締まっており、力も男たちに劣らず強いと見えて、米俵を独りでひょいと担いでいく強者もいた。

かくして第一便はすべて港に降ろされ、残りの荷を運ぶために、水夫の漕ぐ小舟は再び沖へと戻っていく。

「ご苦労であったな。皆、しばし休んでくれ」

ひとまず作業を終えた人々に政秀は一言告げると、積まれた荷の傍らに立つ。

鉄平も同様に見張りに立って、交代で小用を済ませた。

出すものを出せばまた飲みたくなるのが、人の体というものである。

政秀の耳元に口を寄せ、鉄平がさりげなく問うてきた。

「なぁお前さん、水は残ってるかい？」

「先程ので終《しま》いだ。また汲まねばなるまいな」

「俺もだぜ。あーあ、喉が渇いたなぁ」

「いま少しの辛抱だ。荷運びがすべて終われば、近くの陣屋に参る手筈である故」

「そうだったな。もうちっと堪えるとしようかい」

鉄平はホッとした様子で頷いた。

「こんなとこまで来たからにゃ、茶や麦湯だなんて贅沢は言っちゃなるめぇ。今の俺にはただの井戸水だって、甘露《かんろ》と思えるこったろうよ」

「何を言うておるのだ、とっつあん。陣屋と申せど井戸など無いぞ」

「えっ?」

啞然とする鉄平に、政秀は小声で告げた。

「この島は火の山の上に在ると申したであろう。自ずと水源も限られる故、毎日汲みに行き来する一方で有事に備えて天水を溜め置き、どうにか凌いでおるそうだ」

「それじゃ水一杯を手に入れるのだって、楽じゃねぇってことかい……」

「安堵せい。我らは従者とはいえ客人の扱いであるからな。それに水汲みは日の高いうちに済ませてしまわねば足元が危ない故、すでに陣屋の甕《かめ》は余さず満たされておることであろうよ」

目の前が真っ暗になったのを慰める、政秀は終始冷静。鉄平ならずとも、確かめたくなったのは当然であろう。

「それにしてもお前さん、やけにこの島に詳しいじゃねぇか。何もかも、俺ぁ初めて耳にすることばかりだぜ」

「おいおい、とっつあんは忘れてしもうたのか」

政秀は呆れた顔で言った。

「これまでに申したことはすべて、嵐田殿に連れられて本所《ほんじょ》のお屋敷まで挨拶をしに参上した折、お代官が直々《じきじき》に教えてくれたことばかりぞ」

「そうだったのかい？」

鉄平はまた驚いた。

周りで休憩している島の人々に気付かれぬように声を潜めながらも、目を丸くせずにはいられない。

「お代官が旦那はともかく、俺らにまでほんとに話をしてくれたってのかい」

「左様。流刑先の事共は明かしてはならぬ決まりである故、紙にしたためて後に残すわけには参らぬ、すべて口づてにいたすと念を押された上で、いろいろとご教示くださったのぞ。まことに覚えておらぬのか」

「すまねぇな。俺ぁずっと緊張しっぱなしだったもんで、お代官が何を言いなすっても碌に聞こえちゃいなかったんだよ」

「何を申すか。まだ耳は遠くなっておらぬのだろう」

「だから言ってんだろ。すっかり気を飲まれちまったのよ」

「珍しいな。豪胆なとっつあんにも左様なことがあるのか」

「しょうがねぇだろ。あのお代官の眼力《めぢから》は相当なもんだったからなぁ。それでつい気後《きおく》れをしちまって、気付いたときにゃお話も終いになってたのさ」

「うむ……たしかに、並外れて大きな目をしておられたな」

「ただでかいってだけじゃねぇやな。何も俺が後ろ暗いってわけじゃねぇけど、あのお人からはどこかこう、人の心の裏の裏まで見抜いちまってるみてぇな、鋭いもんを感じたぜ。勘働きの鋭いお前さんなら尚のこと、気が付いたんじゃねぇのかい」

「そうだな……あの御仁《ごじん》は武芸にも長じておられる故、たしかに胆力は相当なものとお見受けいたした。とっつあんが気圧《けお》されたのも無理はあるまい」

「神道無念流を免許皆伝なすってるって話なら、俺も旦那から聞いてるぜ。剣術《ヤットウ》だけじゃ飽き足らずに刀を鍛えなすったり、驚いたことに新式の大筒《おおづつ》や種子島《たねがしま》の扱いまで身に着けていなさるっていうじゃねぇかい」

「それだけではない。諸事に明るく進取《しんしゅ》の精神にも富んでおられるが故、砲術を含む異国のさまざまな技術や知識を貪欲に取り込み、折を見て実践しようとしておられるらしい……蘭学を無闇に取り締まり、古きを尊ぶと申せば聞こえはいいが旧態依然の頭しか持っておらぬ南の耀甲斐と違うて、真に時代を動かさんとする御仁なのだ」

語る政秀の口調は、声を潜めていながらも熱っぽい。

食うに困って腐っていたのが英傑と出会い、何かに目覚めた様子であった。

「ううん、ほんとに大したお人なんだなぁ」

今や鉄平まで、感心した声を上げずにはいられない。

「それも蘭癖《らんぺき》と揶揄《やゆ》される、ただの西洋かぶれとは違うのだ」

政秀は続けて言った。

「あの御仁は政《まつりごと》においても、並々ならぬ手腕をお持ちだ。何しろ江川家は代々の韮山代官として、お膝元の豆州《ずしゅう》のみならず、甲州から武州に至るまでの広大な地を平らかに治めておられるのだからな」

「もとよりそいつぁ俺も承知の上さね。ご支配地をぜんぶ合わせりゃ、十万石を軽く超えていなさるそうじゃねぇか」

「そういうことだ。あくまで大名に非ず、将軍家にお仕えなさる一代官として預かりおられるだけにせよ、治安を保つのさえ容易ならざることのはず……。街道筋の悪党どもを御用にするため、かつて嵐田殿が駆り出されたのも致し方なき話ぞ」

「そう言うお前さんだって、こないだは一役買ったんだろ」

「左様。あれほどの御仁のお役に立ったとなれば、嵐田殿と二人きりで戦うた甲斐もあったよ」

「まぁ、今度は旦那のために骨を折ってくだすったんだからいいじゃねぇか」

確信を込めて、鉄平は言った。

「俺も緊張しっぱなしで話は碌に聞けなかったが、あのお代官がどういうお人なのかは見定めさせてもらったつもりだぜ。上つ方といえば越前守や耀甲斐みてぇに手前のことしか考えちゃいねぇ、目下《めした》の者は出世の道具とでも思っていやがる手合いが多いもんだけどよ、あのお代官はそういう連中とは違うな。影の御用を仰せつけなすったのも旦那を見込んだ上のこったろうし、だから今度も無理も聞いてくだすったに違いあるめぇ」

「そういうことだな」

笑みを返すと、政秀は大きく伸びをする。

さりげなく口にしたのは、思いがけない一言だった。

「俺はな、とっつあん。もしもお代官が耀甲斐に劣らぬ下種《げす》であったならば、その場にて引導を渡してやろうと思うておったのだ。嵐田殿を手駒として、己が欲のために使役しておる輩であれば受け取りし金を叩き返し、天誅を下す所存であった」

「えっ」

「嵐田殿から聞き及んでおるやもしれぬが、俺はこのところ世の中の有り様に倦《う》んでおった。越前守めが罷免されても政《まつりごと》そのものは一向に良うならず、厳しい奢侈の禁制が無《の》うなって喜んだのは、ほんの一部の豊かな町人のみ。食うにも事欠いておる多くの民にとっては、何も変わっておらぬに等しいからな」

「だからってお前、そいつぁやりすぎだろうぜ」

「分かっておる。まして半平さんが大儀《たいぎ》を振りかざす外道《げどう》どもに囚われし今、迂闊なことなど二度と申さぬつもりだ。そもそもお代官は当節は珍しい、高潔にして豪胆な御仁とお見受けつかまつった故な」

　たくましい体の筋をほぐしながら、政秀は笑顔でつぶやく。

「腕の立つ者など、諸国に限らず江戸市中で幾らでも見出せる。敢えて嵐田殿を頼りなさるのは、人柄までお認めになられてのことに相違あるまい。さもなくば代々のお役目を危うくしてまで、合力などすまい……」

と、政秀が不意に口を閉ざす。

視線を向けた先では、すでに鉄平が駆け出していた。

「旦那ぁー！」

沖からこちらに近付いてくる、一艘の小舟が見える。

左門は舳先《へさき》に仁王立ちとなり、ぶんぶん手を振っていた。

念願の島に到着し、感無量なのである。

難破の危機を乗り切るために奮戦し、腕に覚えの技を振るって難局を切り抜けた後なればこそ、感動もひとしおなのだろう。

鉄平に追いついた政秀は、黙って隣に立つ。

手を振る左門の姿は、力強くも微笑ましい。

上つ方から見れば、愚かな男としか思われぬことだろう。

島流しにされた息子の身を案じ、命懸けで海を越えてまで安否を確かめようとするなど愚行の極み。

左様に判じて一笑に付し、何の情も抱かず死罪に処するに違いない。

しかし、そんな左門には頼もしい仲間たちが付いている。

最も付き合いの長い鉄平は、左門にとって一番の理解者でもあった。

「なぁ、若いの」

「ん？」

「俺にはお前さんが何に腹を立ててんのかが、いまひとつ分からねぇ。旦那をしつこく狙ってきやがるから散々張り合ってきたけどよ、耀甲斐の野郎が一体何をどうしたいのかも、実を言ったらよく分かっちゃいねぇんだよ」

「とっつあん……」

「へへへ、呆れたかい？」

悪びれることなく、鉄平は笑った。

「だけどなぁ、若いの。これだけは言わせてくんな」

「な、何だ」

「俺は上つ方なんぞには仕えたくもねぇし、誘われても御免こうむるつもりで生きてきたんだ。まぁ、あちらさんが洟《はな》も引っかけちゃ来ねぇんだけどな」

「……されど、おぬしは嵐田殿とは長続きしておるではないか」

「そうそうそう、そこなんだよ」

わが意を得たりとばかりに鉄平は言った。

「旦那はさむれぇの中じゃ下っ端もいいとこの、三十俵二人扶持の同心様だ。袖の下を取りまくりゃ内証も豊かになると分かっていなさるくせにそれをしねぇで、見届け物を揃える銭の工面に毎度苦労をしてなさる、腕は立つけど不器用なお人さね」

「…………」

「だけどなぁ、若いの。俺ぁあの旦那が好きでしょうがねぇんだよ。だから今度も実は怖くて仕方がねぇのに、お供をせずにはいられなかったのさ……」

つぶやく口調に気負いはない。

左門に向かって手を振りながらの、あくまで自然な一言であった。

この二人の間には、揺るぎない絆が有る。

羨ましい限りであると、思わずにはいられぬ政秀だった。

小舟はぐんぐん近付いてくる。

「おーい！ 待たせたなー‼」

張り上げる左門の声は、いつもと変わらず頼もしかった。

三

荷揚げを終えて早々に向かった先は、港から程近い島役人の陣屋だった。

左門は荷を運ぶ荷車の行列の先に立ち、案内役の島人と共に歩いていた。政秀と鉄平は用心のため、一行の殿《しんがり》を務めている。目と鼻の先とはいえ、油断は禁物。

二人は担いだ風呂敷包みの中に、それぞれ得物《えもの》を忍ばせていた。共に素手でも戦えるが、もしも流人が徒党を組んで襲いかかってきたときは得物を行使せざるを得まい。

潮風の吹き渡る中、二人は油断なく足を進める。もしも行列の先頭が襲われたときは俊足の政秀が駆け付け、鉄平は後詰めとして踏みとどまる手筈であった。

用心は、何も無くてもしておくに越したことがない。まさかと思って安心しきった瞬間を突かれてしまえば、万事休すとなるからだ。

その点、二人は自分の住まいに出入りするときでさえ、背後に気を付ける癖が身に付いていた。裏の稼業人に闘っ引きと立場こそ違えど、人の恨みを買いやすいところは同じだったからである。

そんな二人が目を光らせていた甲斐があってか、一行は無事に陣屋へ到着した。

「見事な構えだなぁ、おい」

「永正《えいしょう》の末に建てたものだと、韮山のお代官が申されていたぞ。ざっと三百と二十年がところ昔のことだな……」

「ううん、重ね重ね大したもんだなぁ」

古いながらも壮観な陣屋を前にした鉄平は、喉の渇きも思わず忘れて感心しきり。

一方の政秀は、耐えがたい様子で腹をさすっていた。

「どうした若いの、腹痛《はらいた》かい？」

「意地の悪いことを申すでない。毎度のことであろう」

「なんだお前さん、着いて早々に飯の話かよ」

顔をしかめて答える政秀に、鉄平は呆れ顔。

「致し方あるまい。あの大風のせいで船の竈が壊れてしもうて煮炊きをするのもままならず、乾飯《ほしいい》で凌いでおったのだからな……麦はもとより雑穀混じりであろうと文句は申さぬ故、温い飯が食いたいものだ」

「そういやお前さん、船酔いが収まったとたんに大食いしてたよな」

「うむ、水夫衆も呆れておった」

「なんでぇ、分かってたのかい？」

「もとより承知の上ではあったが、辛抱しきれなんだのだ。もしも俺がこの島に流人として送られて参れば、二日と耐えられぬやもしれぬ……」

つぶやく政秀は、顔色が青い。

腹が減り過ぎて、目を廻しかけているのだ。

不覚にもよろめきかけた刹那、横から太い腕が差し伸べられた。

「どうした若いの、しっかりしろい」

「嵐田殿……」

「ははは、その面は腹っ減らしだな。ったく、しょうがねぇ奴だ」

毒づきながらも、微笑む左門の顔に嫌みはない。

思わぬ嵐に見舞われはしたものの何とか切り抜け、目指す島まで三人揃って無事に辿り着けたのは、ともあれ幸いなことと言えよう。

英龍が手配してくれた臨時の流人船は下田の港に一旦戻った後、改めて島まで迎えに来てくれる手筈となっていた。

内密に船を動かした事実を隠すためにも、長くは待ってもらえない。

ぎりぎり一杯として英龍から提示された期限は、到着した日を含めて二十日。

すでに嵐のせいで足止めを食い、一日を費やしてしまったので十九日となる。

ただでさえ日数に余裕があるとは言いがたいのに気が急くばかりだったが、それは左門としても呑まざるを得ない条件だった。

年の瀬も近いのに、いつまでも仮病で勤めを休んでいるわけにはいくまい。人呼んで「北町の虎」といえども、宮仕えの身なのは他の同心たちと同じ。御用を怠っていれば上役の不興を買い、悪くすれば御役御免にされてしまう。左門の腕を当てにしがちな反面、まったく言うことを聞かぬため疎《うと》んじている筆頭同心はともかくとして、問題なのは奉行との面談だった。

南北の町奉行所では大晦日《おおみそか》に与力も同心も奉行に挨拶し、来年の人事について直々《じきじき》に申し渡されるのが毎年の習いとなっている。

ところが北町奉行所では十月を迎えて早々という時期に、奉行が交代していた。

付き合いの古い間柄ならば、日頃は顔を合わせることのない末端の同心といえども無下《むげ》には扱われず、よほど働きが悪くなければ現職のまま留まらせるのが常だったが新任の奉行となれば、話は違う。

しかも左門の計画を打ち明けられて仰天した阿部正蔵に代わって、新たに着任した鍋島直孝は摑みどころのない人物であった。

不真面目というわけではなく、日々の御用もそつなくこなしてはいるものの、寸暇を惜しんで朝顔の世話に熱中し、南の耀甲斐こと鳥居耀蔵にいつも押されぎみの北町奉行所の権威を盛り返そうという意欲は、まるで感じられない。

直孝が着任したとき、一同が集められた挨拶の席上で品のいい顔をちらりと拝んだだけの左門には窺い知れぬことだが、与力たちの噂話を盗み聞きした限りでは耀蔵と張り合う気概など微塵も感じられず、これより先の出世に関心があるのかどうかさえ傍目には定かでないとのことだった。

そんな新任の奉行に対して、北町の一同は不安を抱かずにいられない。

当人にやる気がなければ、配下を奮起させるために昇進させることもあるまい。

現状維持で済めばまだいいが、どのみち南町の下に甘んじていて構わぬのだからと余剰な人員の整理を思い立ち、少なからぬ数の者が御役御免を言い渡される可能性も考えられる。寄合肝煎に小普請組支配と、いわゆる人事畑の役職をこなしてきた直孝だけにそういうことだけはきっちり計画し、実行に移しかねないからだ。

果たして今年の大晦日はどうなるのか、与力も同心も不安は尽きない。

左門も同様であり、もしも御役御免にされたらどうしたものかと、三宅島に向かう船中でも独り悩まずにはいられなかったものである。そんな最中に嵐が襲い来たため悩みも吹っ飛び、島に着いてからも積荷を運ぶ作業の指揮にかかりきりになっていたおかげで気が紛れたものの、心に留めておかねばならないことであった。

ともあれ、こうして島に渡ったからには角馬と会い、真意を確かめることのみに集中すべし。

その前に、島役人に挨拶をしなくてはならない。

陣屋には、すでに全員が集まっていた。

地元の伊ヶ谷村の長だけでなく、残る四人の村長まで顔を見せている。

「お前たち、手筈通りにしっかり頼むぜ」

鉄平と政秀に小声で告げると、左門は胸を張って敷居を越える。

「野々山右門《ののやまうもん》だ。新参者だが、よしなに頼む」

名乗る態度は堂々たるもの。

誰も偽名とは思わぬほど、板についていた。

流人の受け入れを義務付けられた伊豆の島々は韮山代官の指導の下、島民の代表者たちによって治められていた。

もちろん、三宅島も例外ではない。

流人の監視から非常時の捕縛、そして処刑に至るまでを、武士のいない環境で日々実行しているのである。

そんな島役人たちに対しては、武家の威光など役には立たない。

むろん代官の命令は絶対とはいえ、臨時に派遣された左門たちが、たとえ偽者とは気付かれなくても、歓迎されるはずがあるまい。

にも拘わらず、その夜の宴は大いに盛り上がった。

「ははは、愉快、愉快」

政秀は手酌でぐいぐい呷った酒のせいと見せかけ、服を脱いで裸踊りの真っ最中。

矢立《やたて》を取り出し、腹にでかでかと顔を描いた上でのことだった。

「ほれ、それ、よっと」

引き締まった腹筋をひょこひょこ動かし、たくましい胸板を張ったり緩めたりする政秀のおどけぶりは意外にも慣れたもの。半平が『かね鉄』で催してくれた壮行の宴でも披露した、とっておきの隠し芸であった。

端正な男が滑稽に振る舞うのは、それだけでも笑えるものだ。

初めは嫌々同席させられていた島役人たちも、ぷっと噴き出さずにはいられない。

頃や良しと見て、政秀は鉄平に呼びかける。

「興が乗って参ったのう。勘平《かんぺい》殿、ひとつ勝負と参ろうか」

「何だ新吉《しんきち》、若造が生意気だぞ！」

挑発に乗ったと装い、諸肌を脱いだ鉄平は堂に入った動きで四股《しこ》を踏む。

近所の回向院の境内で相撲の興行があるたびに通い詰め、熱心に声援を送っているうちに自ずと覚えた、見事な体のさばきであった。

「さぁ来い、新吉！」

「ははは、勘平殿こそ覚悟いたせ」

慌てて島役人たちが膳を動かし、場所を空ける。

思わぬ成り行きに戸惑いながらも、みんな笑顔になっていた。

「のこった！　のこった!!」

すかさず行司を買って出た左門も乗り乗り。

三人はおどけた振る舞いをしただけで、一同の警戒を解いたわけではない。

すべては英龍より事前に知恵を授けられ、可能な限り調達して船に積んできた米と麦の恩恵である。

農地が乏しく、魚介もそれほど獲れぬ三宅島の生活は厳しい限り。

まして流人の身内が立場を偽って乗り込んできたと知れれば、早く島から出て行けと突き上げを食らうことだろう。

かと言って袖の下を渡しても島では使い道がなく、効き目も何も有りはしない。

そう教えられた左門は自分たちの食い扶持、そして角馬のために用意したぶんの他に持参した米と麦を、島役人に進呈したのだ。

流人を含めた島の全員に恩恵を施すのは難しくとも、役人それぞれの家に一俵ずつ渡してやるぐらいの数は、左門の都合した金子《きんす》で何とか用意ができたのだ。

量を揃えるのには、半平も一役買ってくれていた。

左門が船に積んできたのは新米ではなく、古い米ばかりである。

かねてより店の土蔵に蓄えていたものを、分けてもらったのだ。

札差が少なからぬ量の米を隠匿し、わざと市場に出回らせないようにするのは常《じょう》套《とう》手段。深刻な飢饉《ききん》の折にそんな真似をするのは非道に過ぎるが、いわゆる価格調整のためには欠かせぬことだ。

久留米屋も例外ではなかったが、他の札差とは違って管理が行き届いており、一匹も虫など湧かせていない。

米を財産である前に食べ物として扱うことを日頃から怠らないのは、自身が食うや食わずの裸一貫から始めて富を築いた、あるじの仁兵衛ならではのことだった。

そんな義父の考えを尊ぶ半平にとって、左門からの申し出を断る理由はない。

それに市中の問屋に流せば米の値崩れにつながってしまうが、島に運ぶだけならば大勢《たいせい》に影響など出ないので安心だった。

四

島に来てから三日が過ぎた。

「こっちだよ、おやくにんさま!」

「おいおい、そんなに走ったら危ないぜぇ」

「へいきだよ、こんなの……」

「さぁ、はやくはやく!」

三人の男の子は左門の手を引っぱり、ぐんぐん山道を駆けていく。

足場の悪いのをものともせず、つまずきもしない。

頼もしい限りだが、肝心なことを忘れてもらっては困る。

目指す先も近くなったところで、左門は子どもたちを止まらせた。

「なぁ松吉《まつきち》、じいちゃんの言ったことを覚えてるかい」

「うん、もちろんだよ!」

左門にまとわりつきながら、小柄ながら気の強そうな子が言った。

「せんせいとおはなしがしたいけどこっそりおたずねしたいから、おれたちはなにもいったらいけないんだろ。わかってるよ、そんなこと」

「おいらもおぼえてるよ、じいちゃん……」

ひょろりと背ばかり高い子が、横からおずおずと申し出る。

「何だ竹三《たけぞう》、お前さんもかい」

「おらもだよ、じいちゃん！」

負けじと声を張り上げたのは一番年下の、まるい頰が愛くるしい子だった。

「しんきちにいちゃんがほんとはじいちゃんのおともなのも、せんせいにはいってないからね！　だってにいちゃんにあそんでもらえなくなったら、いやだもん！」

「そうかい、そうかい、梅太《うめた》はおりこうだなぁ」

大きな手のひらで頭を撫でてやりつつ、左門は微笑む。

元気な子どもたちと接するのは喜ばしい。昨日に続いて今朝も振る舞った握り飯が小さな体の活力の源になっていると思えば、尚のことだ。

この子たちは、角馬の教え子である。

最初にこの子たちに案内を頼み、接触を試みたのは政秀であった。

左門はもとより鉄平も、角馬とは少年の頃から接しているので会えば一目で素性が分かってしまう。

流刑先の島に渡れるはずもない江戸の岡っ引きが訪ねて来れば、公儀の御用で自分を探るつもりと勘繰られ、本音を明かしはしないだろう。

その点、政秀は都合がいい。左門と出会い、裏十手の仲間に加わったのは角馬が島送りになった後のことなので、まったく顔を知られていないからだ。

計画を実行するための着替えは、抜かりなく持参していた。

流人になりすますため、ただでさえ捨て値で売られていたのを更にぼろぼろにした古着である。

流人が勝手に島の中を歩き回れば罪に問われるが、角馬が教場を兼ねて借りている家の近くまで忍び寄り、裏で着替えてしまえば問題ない。難しい漢字を教えてほしいと言われて角馬が少々不審に思っても、存外に芸達者な政秀ならばごまかしが利くというものだ。

そんな探索の結果を踏まえて今日、左門は自ら足を運んだのだ。

(親馬鹿だと思っていたら本当に出来が良くて驚いた、か……。へっ、あの若いのも言ってくれるもんだぜ)

苦笑しながらも、左門の足の運びは軽い。

流刑に処されたからといって、誰もが腐ってしまうわけではない。

伊豆七島に流されたのは無頼の徒ばかりとは限らず、身分の高い武士や学者、芸術家も少なくはなかった。

ここ三宅島においても英一蝶《はなぶさいっちょう》が十二年の時を過ごし、描き続けた数々の作品が後の世まで伝えられる一方、島暮らしが新たな画風の開眼にもつながったとされている。

そして角馬は学問を子どもに教えることを、日々の営みとしていたのだ。

「さぁ、もう一度書いてごらん」

「はーい！」

集まった幼子たちは、みんな見た目はみすぼらしい。

もとより自前の筆や紙など一人も持っておらず、すべての教材は角馬から頼まれて左門が用意し、これまでに送ってやった見届け物で賄《まかな》われていた。

（この野郎、何も理由を知らせねぇで筆だの墨だの、半紙を山ほど送ってこいだのと毎度面倒をかけさせやがって……）

胸の内でぼやきながらも、物陰から見守る左門の表情は優しい。

四季を通じて気候に恵まれ、雪も降らない島暮らしでは小屋といっても密閉された空間ではなく、教場を兼ねた角馬の住まいは壁の代わりに筵《むしろ》が吊るしてあった。その筵を日中は巻き上げているので、遠くからでも丸見えなのである。

齢《よわい》を重ねた左門は近いものが見えにくい反面、遠目が利くので大事ない。

密かに見届けた手習いの風景は、政秀から聞いた通りであった。

子どもたちが懐いており、熱心に取り組んでいるのを見れば、悪の道に堕《お》ちてなどいないことは自ずと察しが付く。

まして幕府への反逆など、今や微塵も考えていそうにない。

「せんせい、さようなら」

「さようならー！」

子どもたちが三々五々帰っていく。

頃や良しと見て、ずいと左門は立ち上がった。

「ち、父上……」

「よぉ、元気そうじゃねぇか」

驚く息子に微笑みかけ、歩み寄っていく足の運びは力強い。

疑って頭ごなしに叱り付けるのではなく、まずは再会を喜び合いたかった。

五

その頃、江戸では半平の行方を追って伊庭秀業も動いていた。

その日に回向院の境内で捕まえて大川端まで連れて行き、問い詰めたのは界隈を縄張りとする掏摸《すり》だった。

町方同心の左門であれば寺社方に遠慮をし、掏摸といえども現行犯でもない限りはみだりに手を出すことができないが、秀業ならば平気の平左。

相手がふてぶてしい輩であっても、まるで動じはしなかった。

「俺が知りてぇのはお前さんが探してる、久留米屋の若旦那の居場所だよ」

「何のことですかい、旦那ぁ」

「久留米屋に知らせりゃ銭になる、分かったことがあったら知らせてくれって仲間に言い回ってんだろ？　俺はその情報《ねた》を買いに来たんだよ」

「だったら紙入れごと寄越しなせぇまし。そしたら考えて差し上げますぜ」

不敵に答える掏摸は、仲間たちが助けに駆け付けたのを目の隅で確かめていた。

しかし彼らは無謀なことに、相手が悪すぎるのを知らなかった。

掏摸とのやり取りが中断したのは、ほんの一時のこと。

秀業は手加減をして冷たい川にまでは放り込まず、全員を軽くひねるにとどめた。

「……お前さんがた、座興はもう終わりかね」

「ご、ご無礼をいたしやした！」

「ま、まさか練武館の先生とは存じ上げず……ご勘弁くださいまし！」

わらわらと逃げ去っていくのを尻目に、秀業は再び掏摸に向き直る。

隙を見て駆け出そうとしたのを許さず、喰らわせたのは足払い。

起き上がってはまた倒され、掏摸は川べりまで追い詰められた。

「お前さん、まだとぼけようってのかい」

「めめめ、滅相もござんせん」

掏摸は生きた心地がしなかった。

秀業が何食わぬ顔のまま、またしても足払いを掛けようとしていたからだ。

この寒空で大川に落とされれば、風邪をひくどころでは済みはしない。

「それじゃお前さん、知ってることを洗いざらい話してもらおうか」

にっと微笑む心形刀流の八代宗家はちゃきちゃきの江戸っ子であり、剣のさばきに劣らず言葉遣いも歯切れがいい。

持ち前の爽やかな弁舌《べんぜつ》は、相手によっては責めるための術にもなる。

こたびもまた、その弁舌が役に立とうとしていた。

その夜のうちに、南町奉行所の一隊が件《くだん》の太物屋に突入した。

しかし、すでに店はもとより土蔵の中までもぬけの殻。見付かったのは床下に埋められていた、あるじ夫婦の亡骸のみだった。

強欲な掏摸は当たりが付いていながら久留米屋に知らせるのを遅らせ、礼金の値を吊り上げようとしていたのだ。そして佐野と中津は探られているのに気付き、半平を連れて雲隠れをしたのであった。

「くそったれ、なんてこったい！」

捕物出役が不首尾に終わったと知らされて、秀業は声を荒らげずにはいられない。

誰もいない道場で愛刀の鞘を払い、何百回と振るっても気は晴れなかった。

「このままじゃ、嵐田の爺さんに会わせる顔がねぇんだよ……」

冷たい夜の冷気の中、汗まみれになりながらつぶやく口調は切ない。

「生きててくれよ、若旦那……」

今はとにかく無事を祈り、探し続けるより他になかった。

第四章　乙女の願い

一

三宅島に来てから、新吉こと政秀の体調に変化が起きた。

以前よりも格段に通じがよくなり、日に三度も四度も厠《かわや》に通う。

今朝も食事を済ませて四半刻（約三十分）と経たぬうちに、緩やかながらもずしりと重たい便意に見舞われた。

「うーむ、腹が張ってきおったな……」

ひとりごちると立ち上がり、政秀は野袴を脱ぐ。

共に寝起きをしている陣屋の一室に、左門と鉄平の姿は見当たらない。

食休みを早めに切り上げ、それぞれ役目を果たしに出かけたのである。

このところ厠で毎朝、長っ尻をしなくてはどうにもならない政秀を思いやり、何も告げずに出て行ったのだろう。

有難いことだが、好意に甘えてのんびりしてはいられない。

韮山代官所の役人と従者を装った三人が島を訪れて、今日で早くも九日目。

嵐を乗りきるために費やした一日を含めれば、すでに十日が過ぎ去っていた。

あと十日経てば、下田の港から迎えの御用船がやって来る。

極秘に御用船を手配してくれた江川英龍の立場もある以上、左門たちは期日通りに島を離れなくてはならなかった。

もはや一日とて、無駄にしてはいられまい。

しかし、この便意を無視することはできかねた。

「ううっ、いま少しの辛抱ぞ……」

江戸から持参した紙を片手に、袴を脱ぎ捨てた政秀は厠へ急ぐ。

尻を拭くのは俗に浅草紙と呼ばれる、漉《す》き返しの再生紙。

島に渡ってからでは手に入らぬぞと英龍から念を押され、多めに買い揃えておいた甲斐あって、帰るまで足りなくなる恐れはなかった。回数こそ多いものの腹を下したわけではなく、紙の減りがそれほど多くはないのも幸いしていた。

厠に駆け込んだ政秀は裾をまくり、木製の後架《こうか》をサッと跨いでしゃがみ込む。

いつもの如く出だしこそ激しいものの、後は緩やかな便通であった。

「ふう……」

ホッと安堵しながらも鼻からは息を吸い込まず、閉じ気味にした口だけで呼吸するのを忘れない。

（さて、江戸のみんなはどうしているかな……）

用を足しつつ、政秀は無言で思いを巡らせた。

留守を頼んだ長屋の人々には旅に出かけることのみ伝えたものの、本当の行く先はもちろん明かしていない。

すでに江戸では三人が一斉に姿を消したことに鳥居耀蔵が不審を抱き、かつて配下にしていた小人目付衆を差し向けて、長屋にまで探りを入れていることだろう。

当然ながら左門と鉄平の身辺にも手が及んでいるはずだが、幾ら調べたところで何も分かるはずがあるまい。

左門が奉行所に病欠の届けを出す一方で鉄平は伊勢参りに出かけると称し、政秀は上方《かみがた》まで出稼ぎに行くと偽って、抜かりなく道中手形まで手配していたからだ。

組屋敷で寝込んでいると装った左門はともかく、鉄平と政秀は実際に高輪《たかなわ》の大木戸を出て品川宿を通過しているのだから、足取りも途中までは追えるはず。

しかし、まさか下田で船に乗り込んだとは気付くまい。

（ふっ、さぞ地団駄《じだんだ》を踏んだことであろうよ）

踏ん張りながらも、政秀はほくそ笑まずにいられない。

探索の玄人《くろうと》である小人目付といえども海を越えて追っては来れぬし、左門たちが島に渡った確証が得られぬ限りは、御用船を仕立ててもらうわけにもいくまい。

後は身内を探って情報を得るしかなかったが、鉄平は店の奉公人はもとより恋女房のおかねにさえ事実を明かしておらず、左門の病の平癒祈願を兼ねてのお伊勢参りに違いないと、回向院界隈の人々もみんな信じ込んでいた。

その点は政秀の隣近所も同様で、知人を頼って上方へ稼ぎに行くとしか聞かされていないのだから、それ以上は誰にも答えようがあるまい。

左門にしても上役の筆頭同心を通じ、奉行の鍋島直孝が病欠の届けを受理しているのに騒ぎ立てたところで無駄なこと。

たとえお熊の隙を突いて八丁堀の組屋敷に忍び込み、臥せってなどいないではないかと直孝に文句を付けても、どうして小人目付衆がそんなことを詮索する必要があるのかと、逆に追究されるのがオチだ。

もちろん定廻同心としての務めに支障を来《きた》してはまずいが、南北の町奉行は月ごとに御用を仰せつかるので、今月は南の月番。

見廻りの持ち場である回向院の界隈も南の同心が巡回してくれており、左門と鉄平がいない隙を狙った掏摸や置き引き、かっぱらいの類《たぐい》がここぞとばかりに荒稼ぎしていることだろうが、大勢に影響はあるまい。

左門は月が変わる時期に合わせて島に渡ろうと計画し、その旨をあらかじめ英龍に頼んでいた。

戻りも十日後に到着する御用船に乗り込み、予定通りに四日で下田に着いて江戸へ急げば、月明けの出仕にぎりぎり間に合う勘定である。

政秀が為すべきは鉄平ともども左門を助け、残る十日で事を解決するのみ。

角馬に謀叛や島抜けの意思がないのは左門自身の調べで分かったものの、安心するのはまだ早い。事実無根のふざけた噂を流した張本人を突き止め、懲らしめる必要があるからだ。

(角馬殿のような御仁は人の妬心《としん》を買いやすい……行き詰まった者ばかりの流人どもの中に在っては、尚のことであろうよ……)

尻を拭きつつ、政秀は胸の内でつぶやく。

得心できた。
流人の暮らしが思った以上に過酷であるのは、島に来てから毎日つぶさに見聞して得心できた。

（男も女も労を厭《いと》わず島民たちに下働きの仕事を求め、あるいは慈悲にすがって食い物を分けてもらうより他にない……流人頭どもは腕っ節の強さに物を言わせ、働かずとも弱き者から稼ぎの上前《うわまえ》を刎《は》ねて食っていけるし、見目良きおなごは春をひさいで身過ぎ世過ぎもできようが、ほとんどの者はあくせく働くより他になく、たとえ病に罹りても日頃から稼ぎが少なく、仲間から疎《うと》んじられておる者は碌《ろく》な手当てもされずに待つのは死のみ。これでは世を儚《はかな》みて、身投げをいたす者が後を絶たぬというのも無理はあるまいよ……）

と言っても、すべての流人が悲惨極まる境遇に置かれていたわけではない。

三宅島に限らず、本土から離れて暮らす島の民は古来より知性と教養を尊び、諸芸に通じた流人を手厚く遇して、教えを乞うことを重んじてきた。

聡明な角馬は島の人々の眼鏡に叶い、罪に問われた咎人でありながら忌み嫌われることもなく、大事にされていたのである。

小さいながらも家を持ち、日々の糧《かて》を得ることができているのは島の子どもに読み書きを教え、親からも信頼されていればこそだった。

非力《ひりき》な上に左足が不自由な角馬のことを誰も軽んじず、代わる代わる食糧を運んでくれるのも学問に長じているだけでなく、幼き者たちを教え導くにふさわしい、厳格ながらも穏やかな人柄を見込まれているが故なのだ。

（ふっ、さすがは嵐田殿のご子息と申すべきか……）

丸めた紙を後架に落とし、政秀は微笑む。

それは当人に会い、暮らしぶりを見せてもらって確信するに至ったことだった。

角馬には左門と違って悪党を相手取り、打ち倒す強さは備わっていない。

その代わり、子どもを含む目下の者を邪険にせずに慈《いつく》しむ、無限の優しさを生まれながらに持っている。

島に来てから分かったことだが、角馬は左門から送られてくる米や麦を独り占めにしてなどいなかった。

士分といえども島役人、そして流人頭たちの支配の下に置かれているため、進んで一部を提供しなくてはならないのは当然としても、残りもすべて一人で食べてしまうことなく一般の島民にまで分け与え、自らは野草入りの粥を専《もっぱ》ら啜っていたのだ。

それでいて子どもに無償で読み書きまで教えてもらえるとあっては、親はもとより島役人も無下《むげ》にはできず、嫉妬した流人たちから理不尽な暴力を振るわれぬように目を光らせる一方で、畑で採れた芋を差し入れたり、米と麦を分けてもらうたびに握り飯を拵《こしら》えて、お返しをすることを常々心がけている。

芸は身を助くと言うが、角馬の場合はそれだけではない。生まれ持った善なる心に基づく振る舞いが幸いし、飢えと暴力から逃れていたのだ。

だが哀しい哉《かな》、そんな振る舞いが更なる災いを呼ぶのも世の常である。

まして、ここは流刑地なのだ。

角馬もその点を心得ていればこそ、島民だけではなく流人頭たちにも米と麦を毎度届けることを欠かさずにいるそうだが、どうやら足りてはいないらしい。

人の欲望とは、いつの世も限りのないものである。

まして流人頭は小伝馬町の囚人を牛耳《ぎゅうじ》る牢名主《ろうなぬし》以上に欲深く、危険であった。

牢獄ならば新入りに命のツルと称して金子《きんす》を持ち込ませ、牢番を買収すれば何でも好きなものを取り寄せられるし、火事になれば一時放免されて、戻れば罪一等を減じられる恩恵に与《あずか》ることもできるが、島では流人頭に収まったところで食うに困らなくなるのが関の山。もとより現金に値打ちはなく、酒も碌に手に入らない。

それでも江戸に戻れる可能性があれば少しは殊勝に振る舞えるのだろうが、流人が赦免されるのは朝廷や将軍家に慶事が起き、恩赦《おんしゃ》が為されたときぐらいのもの。

何の希望も持てず、大した楽しみもない島暮らしにうんざりした連中にしてみれば角馬の如く清貧な暮らしを厭《いと》わず、幼子に学問を教えることを日々の喜びとする人物は存在するだけで腹立たしく、痛め付けてやりたいのだろう。

(愚かな奴らだ。角馬殿が罪に問われて空《むな》しゅうされれば、見届け物のお裾分けにも与《あずか》れなくなると申すに……ともあれ陥れんとしておるのは、いずれかの流人頭に違いあるまいよ……)

政秀はもとより左門と鉄平も、そう目星をつけていた。

残る十日の間に悪意に満ちた噂の出どころを突き止め、二度とふざけた真似をせぬように懲らしめてやらねばなるまい。

「さて、参るか」

声に出して一言つぶやき、政秀は厠を出る。

しっかり用を足しておいたので、昼までは保つだろう。

それにしても、些か回数が多すぎるのは困ったことだ。

麦を含む雑穀を常食にし始めたのが原因であるとは、当人は気付いていない。

江戸では米だけ炊いていたのが急に麦混じり、それも稗《ひえ》や粟《あわ》、黍《きび》まで加えた糅飯《かてめし》を毎日食べざるを得なくなったのだから、自ずと腸が刺激されて便通が多くなったのも当然と言えよう。

諸国の天領から大量の年貢米が集まる江戸では、米が市中に出回りやすい。旗本も御家人も公儀から俸給として受け取った米をすべて食用にするわけではなく、かかりつけの札差に命じて金に換えさせるからだ。

札差も米の値を釣り上げるために貯め込むばかりでは蔵に収まりきれぬし、顧客の旗本と御家人に現金を渡すだけでは損になるため問屋に卸す。そして問屋は小売りの商人に米を卸し、市中の民に行き渡る仕組みになっていた。

札差が裏で工作すれば自ずと値段も跳ね上がるが、年貢として農民が納める石高はあらかじめ決まっており、幕府も市中に出回る量を監視しているので行き過ぎた真似はできかねる。そのため米は大規模な飢饉でも起きぬ限りは値上がりせず、他の物価が変動しても影響を受けにくいことから、江戸の民の主食となって久しい。

しかし水が確保しにくい島暮らしでは田畑を維持すること自体が難しいため、米に加えて麦に豆、稗に粟、黍といった五穀のほとんどを船で運んでもらって、朝夕二度の食事を何とか賄《まかな》っていた。

米はもとより雑穀も貴重であり、自ずと献立は芋と野草が大半の雑炊《ぞうすい》を主とせざるを得ない。陣屋でも白い飯など以ての外《ほか》で、出されるのは糅飯ばかりであった。

そんな事情を英龍から聞かされて政秀も覚悟はしていたものの、いざ雑穀混じりの飯ばかりを毎日食べるようになってみると、味は意外と悪くない。量も危惧したほどには少なくなく、ひもじい思いをすることもなかった。

陣屋を預かる島役人も遠来の客である上に大量の米と麦を持参し、お振る舞いまでしてくれた左門たちのことは、丁重にもてなしている。

おかげで政秀も島に来て以来、日々を健《すこ》やかに過ごすことができていたのだ。

通じが急によくなった理由は、実はいまひとつ存在した。

「新吉さん、おはよう」

「お、お早う」

部屋に戻りかけたところを呼び止められ、政秀はぎこちなく挨拶を返す。

偽名で呼ばれることには慣れているはずなのに、どうしたことか。

縁側でにこにこしていたのは、まだ二十歳前と思《おぼ》しき娘。

肌こそ黒いが、裾短かに仕立てた絣《かすり》の着物から覗いた足はすらりと長い。

きりっと目鼻立ちが整っており、政秀たちが滞在している伊ヶ谷村はもとより、他の村々まで含めても、他では見当たらぬほどの美形だった。

浜《はま》、十八歳。

島に来て以来、何かにつけて政秀に絡んでくる近所の村娘である。

「はい、これ」

明るい陽射しの降り注ぐ中、笑顔で差し出すのはふかした唐芋《からいも》が盛られた器。ひと切れだけでも島暮らしでは一食に値する。

「食べ足りないと思って、持ってきたよ」

「い、いつもすまぬな、お浜殿」

受け取る政秀の態度はぎこちない。

陣屋の食事で十分に足りており、いちいち差し入れをしてもらうには及ばぬものの好意の表われと思えば、悪い気はしない。

まして勧めてくれるのが鄙《ひな》にも稀《まれ》な美形と来れば、たとえ腹一杯でも平らげずにはいられなかった。

今朝も謹んで受け取ると、皮も剝かずに口に運ぶ。

「どう、おいしい?」

「う、うむ……」

じっと見上げてくる視線を逸らし、黙々と芋を頬張る政秀の顔は赤い。

されど、相手の美しさに惑わされてばかりはいられない。

政秀はお浜が懐《なつ》いてきたのを幸いに、かねてより島の様子を探らせている。話はふかし芋を毎朝持って来るついでに聞かせてもらい、陣屋の人々に怪しまれぬように装うのが常だった。

「何ぞ新しいことは分かったか、おぬし」

「うん」

お浜はこくりと頷いた。

「今朝はちょっと早起きをして、新吉さんが昨日怪しいって言ってた崖の下の洞窟を見てきたよ」

「まことか」

齧《かじ》りかけの芋を手にしたままで、政秀は啞然と視線を返す。

「抜け荷が隠してあるんじゃないかって新吉さんは疑ってたけど、何も怪しいものは見当たらなかったよ。見込み違いだったみたいだね」

事も無げに答えるお浜の髪は、まだ乾ききっていなかった。

「おぬし、まさか泳いで参ったのか?」

「うん」

「無茶をするでない。俺が独りで参る故、手を出すには及ばぬと申し付けたはずぞ」

告げる口調は驚きだけでなく、若干の厳しさを孕《はら》んでいる。

その洞窟は伊ヶ谷村の港から近いものの、周辺は潮の流れも早く危険であった。

小舟で漕ぎ出しても転覆しかねないため、政秀も目を付けはしたものの如何《いか》にして調べたものかと、探りを入れる方法を考えあぐねていた場所である。

そんな危険な洞窟にたった独りで、しかも泳いで行くとは何事か。

「何をしておるのだ、お浜」

「何って……新吉さんのお手伝いだよ」

政秀の剣幕に圧《お》されながらも、お浜は気丈に答える。

「役に立ってくれたらごほうびをくれるって言われたから、あたしも頑張ってみたんじゃないか。それの何がいけないのさ？」

「たわけたことを申すな。おぬしには手伝うてほしいと頼みはしたが、危ない真似をせよと命じた覚えはないぞ」

政秀は手を伸ばし、お浜の肩を摑んだ。

「ご、ごめんなさい」

政秀の迫力に圧倒されて、お浜は謝る。

「わ、分かればよいのだ」

サッと肩から手を離した政秀は、気まずい面持ち。

掌に残った素肌の感触は、思っていた以上に柔らかかった。

二

一方の鉄平は、年の功で上手《うま》く調べを進めていた。

若い政秀と違って、手先にした村娘にいちいち戸惑うこともない。

共に陣屋を出た左門とは別行動を取り、一人で向かった先は伊豆《いず》村。

三宅島には神着《かみつき》、坪田《つぼた》、阿古《あこ》、伊豆、そして伊ヶ谷と五つの村があり、それぞれの村に流人が割り振られている。

鉄平が足を向けた伊豆村には平地が広がり、農地に恵まれぬ島の中でも耕作が最も盛んで、陸稲《おかぼ》と唐芋が栽培されていた。

しかし、唯一にして最大の泣きどころは、水源が乏しい上に遠いこと。

島には川など流れていないため、畑の用水はもとより暮らしに必要な水も九十九折《つづらおり》の坂道を下り、村で一箇所だけ湧き水が得られる松ヶ下《まつがした》まで汲みに行くのが、毎日の欠かせぬ労働となっていた。

今日も村の男たちはニナイと呼ばれる一対の大きな桶を天秤棒で担ぎ、頭に当て布を巻いて桶を載せた女たちと共に、黙々と坂道を下っていた。

「よぉ、やってるな」

鉄平が気さくに呼びかけても、答える者は誰もいなかった。

構うことなく、鉄平は村人たちに混じって飄々と歩き出す。

「あー、今日もいい日和《ひより》だなぁ」

晴れ渡った空を眩しげに見上げ、つぶやく口調に屈託はない。老いてもたくましい肩には、陣屋から借りてきたニナイを担いでいた。

「……また来なさったのか、勘平さん」

男の一人が、ぼそりと鉄平に呼びかけた。

「水汲みを毎日手伝ってくれるのは有難いけど、旦那さんを放ったらかして毎日ぶらぶらしててもいいのかい？」

「なーに、うちの旦那は独りにさせておいたほうがいいんだよ」

「そんなこと言っててもいいのかい。この島には気の荒い流人だって多いんだぞ」

「へっ。あんな奴らにいちいち怯えてたんじゃ、俺らの御用は務まりゃしねぇよ」

「そうなのかい。さすがはお代官の手先だなぁ」

男は素直に感心した様子で微笑んだ。

吾作《ごさく》、四十歳。

五年前に女房に先立たれた男やもめで、畑を耕して唐芋作りに励む一方、鰹《かつお》の時期には漁に出て生計を立てているという。

前後になって坂道を下りながら、鉄平は吾作に問いかけた。

「ところでお前さん、今時分は海には出ねぇのかい？」

「戻り鰹も獲れなくなっちまったから、今年はもう終いだよ」

「そうなのかい。いろいろ美味《うま》そうなのが釣れそうなもんだがなぁ」

「勘平さん、海に出たいのか」

「そうなんだよ。帰る前に一遍ぐれぇは、な」

「だったら二、三日待っててもらえるか」

「ほんとかい？」

「何のお礼もできないのに毎日手伝ってもらっているんだから、せめてそのぐらいのことはさせてもらわないとな」

「へへっ、かっちけねぇ」

いかつい顔を綻《ほころ》ばせ、鉄平は微笑んだ。

ここ数日、鉄平は伊豆村で朝から水汲みに加わっていた。

片道だけで一里（約四キロメートル）近く、しかも険しい坂が続く道を幾度も往復して重たい水桶を運ぶのは、野良仕事に劣らずキツい労働である。

進んで手伝ってくれるのに、追い返そうとする者は誰もいない。

それでも初めは少々警戒されていたものの、まずは吾作が打ち解けたのをきっかけに他の村人も態度が和らぎ、進んで声を掛けてもらえるまでには至らぬものの、邪魔者扱いをされずに済んでいる。

これで老骨に鞭打って、励んだ甲斐もあろうというもの。

地味ながらも櫓のさばきに秀でているという吾作に近付き、親しく言葉を交わせるまで粘ったのが功を奏し、いよいよ船を出してもらえる運びとなったのだ。

鉄平の目的は政秀が目を付けた、崖下の洞窟を探ること。

左門を含めて三人とも泳ぎは達者なものの海では勝手も違うため、調べるには船が必要と判じてのことであった。

腕利きの吾作に頼めれば、心強い限りである。

そのためには今日も一日、労を厭わずに水汲みを手伝わねばなるまい——。

「あー、暑いなぁ」

手の甲で汗を拭いつつ、鉄平は急な坂の続く道を下っていく。

水汲みの一行には、流人たちも加わっていた。

村人と住まいはもとより別で、見届け物が多くて富裕な家持であれば逆に村の女を水汲みに雇い、島妻とすることまで黙認されていたが、流人小屋でまとまって暮らす大半の者は食っていくだけで精一杯。自分たちの小屋に備え付けの水甕を満たすだけではなく村人の水汲みを手伝い、雑穀や芋を分けてもらうのが常だった。

と言っても、黙々と殊勝に働くわけではない。

水汲みに加わっていたのは、伊豆村の流人頭の側近たち。

いずれも人相の悪い、島に送られた罪状が一目《ひとめ》で察しの付く輩《やから》である。

下っ端の流人は自分の食い扶持だけではなく、頭《かしら》に献上するぶんまで確保しなくてはならないため毎日懸命に働き、村人の隙を突いて食糧を盗み出すこともしばしばであったが、側近は頭の身の回りの世話だけを焼いていればいいので楽なもの。今日も村娘に付きまとい、戯れ歌をがなり立ててからかうのに余念がなかった。

「三宅雄山《おやま》から別当原《べっとうばら》見れば〜足太、首すくみが這い回る〜」

「あの娘《こ》よい娘だ、ぼた餅顔で〜顔にゃきな粉がつけてある〜」

鉄平の耳に聞こえてきたのは、後の世にまで伝わる島節の一節。

水を満たした重たい桶を頭に載せ、こぼさぬように運ぶことを朝から夕暮れ時まで繰り返す村の女たちは足が太く、首も短くなりがちなもの。もとより化粧をする余裕などあるはずもなく、日焼けして汗にまみれた顔にきな粉の如く、砂埃をくっつけたまま働き続けなくてはならない。

歌の一節として出てくるのはやむを得ないにせよ、その箇所ばかりを繰り返し歌うのは明らかな嫌がらせであった。

にも拘わらず、村人たちは誰も注意をしない。

鉄平も今日までは見逃してきたものの、悪ふざけにしては些《いささ》か度が過ぎた。

「おい、あいつらを好きにさせておいていいのかい？」

「仕方ないだろう。下手《へた》をしたら、どんな言いがかりを付けられるのか分かったもんじゃないからな……」

吾作は取り合わず、ニナイを担いで先を行く。

その肩に、ひょいと天秤棒が載せられた。

「な、何をしようってんだ勘平さん」

「なーに、ちょいと人の心ってもんを思い出させてやるだけのことさね」

慌てる吾作をその場に残し、鉄平はずんずん歩き出す。

水を汲む前とはいえ大きな桶を二つも担いでいれば動きも鈍るが、手ぶらになれば足の運びは自ずと速まり、目方が重いぶんだけ加速も付く。

急な勾配をものともせず、鉄平は九十九折の坂を下っていく。

先を行っていた流人の一団は案の定、目を付けた村娘を戯れ歌でからかうだけでは飽き足らず、手を出そうとしていた。

「へへへ、よく見りゃ可愛い顔してるぜ」

「そう邪険にしなさんな、おたみさん。俺たちは何もお前さんが憎くって、毎日囃し立ててるわけじゃねぇのだぜ」

「お前さんには育ち盛りの弟や妹が大勢いるんだろ？　おっかさんに楽をさせてやるためにもよ、俺らの小屋の水汲み女になったらいいじゃねぇか」

「その上でな、うちの頭の島妻になってほしいんだよ。前から惚《ほ》の字なのはお前さんだって承知の上だろうが」

「今日こそ一緒に来てもらうぜ。さぁ、大人しく付いてきなよ」

「や、やめてください！」

五人の流人に囲まれながらも、おたみと呼ばれた村娘は懸命に抗《あらが》う。

お浜と違って美形とはお世辞にも言いがたい童顔だが、年頃らしく胸乳と尻は豊かな張りを示している。女日照りの男どもが如何にも目を付けそうな外見であった。

流人たちは頭に載せていた桶を取り上げ、おたみを脇の茂みに連れ込んでいた。

「おいおい、いい加減に大人しくしろって」

「へへへ、いい子だいい子だ」

五人はニナイを放り出し、水汲みなど二の次でおたみを連れ去ろうとしている。

小屋の水甕を満たす仕事は、下っ端の流人に後で押し付ければいい話。

それよりも今はおたみを連行し、頭に献上しようと躍起になっていた。

他の村人は脇目も振らず、急な坂道を黙々と下っていくばかり。誰一人として助けようとせずにいる。

冷たいものだが、これも無理もないことであった。

村の暮らしは、もとより豊かとは言いがたい。

まして父親に先立たれ、病で寝込みがちな母親を助けて、まだ幼い妹弟の暮らしを細腕一本で支えなくてはならないおたみは苦労が絶えず、よその家のぶんまで水汲みを買って出たり、野良仕事を手伝ったりして食糧を分けてもらっていた。

気の毒なことではあるが、いつまでも面倒は見きれない。

いっそのこと流人頭に身を任せ、援助を受けられるように仕向けたほうがいい。

村人たちは左様に判じ、かねてよりおたみを無視していたのである。

流人頭が配下を使って村から食糧を余計に盗ませ、おたみの家族に分け与えられるようになっては本末転倒だが、おたみにベタ惚れの流人頭は彼女の立場を思いやって他の村のみ狙わせることであろうし、そうなれば何も障《さわ》りもあるまい——。

強者も弱者もそれぞれに、そんな勝手な理屈で動いていたのだ。

鉄平から見れば、いずれもふざけた考えでしかなかった。

余計なお世話だと分かっていても、見過ごすわけにはいくまい。

「お前さん方、ちょいと悪ふざけが過ぎやしねぇかい」

「何でぇ、てめぇは！」

「ははは、若い奴は血の気が多くていけねぇや」

「な、何だとぉ」

「ちょいと黙ってな。そんなにでかい声ばかり出してると腹が減るだろうが？」

威嚇されても動じることなく、ずいと鉄平は流人たちの間に割って入る。

おたみは為す術《すべ》もなく、ぶるぶる震えていた。

「かわいそうに、すっかり怯えちまってるじゃねぇか」

ずいと進み出た鉄平は、おたみを押さえ込んでいた二人の流人を睨み付ける。

「ううっ……」

「こ、この野郎……」

貫禄の差に圧倒されて、若い流人たちはたちまち動けなくなった。

「てめぇにゃ関わりねぇこったろうが、下っ端野郎！」

負けじと鉄平に食ってかかったのは、一団を率いる流人。身の丈こそ小さいものの他の若い連中と比べれば遥かに貫禄のある、三十半ばの男であった。

「伊ヶ谷村の奴らから話は聞いてるぜ。てめぇは代官所から来たと言っても役人でも何でもねぇ、ただのお付きなんだろうが？　そんな三下なんぞの言うことを、俺らが素直に聞くとでも思ったのかい、くそじじぃが」

「へっ、なかなか口が回るじゃねぇか」

余裕の笑みを絶やすことなく、鉄平は言った。

「俺じゃ話にならなくても、お偉がたの仰せにはお前さん方も従うんだろ」

「そりゃそうだ。俺ら流人を生かすも殺すも、上つ方の胸先三寸ってやつだからなぁ……だけどよぉ、てめぇの旦那みてぇな小役人じゃ話にならねぇぜ」

「お前さん、誰の言うことだったら聞くんだい」

「そうさな、俺らをひれ伏せさせてぇのなら韮山のお代官でも連れてきなよ」

「ほう、二言《にごん》はあるめぇな」

「舐めるなよ爺さん、俺ぁこれでも、娑婆《しゃば》では一家の賭場《とば》を預かる身だったのだぜ」

鉄平をじろりと見上げて、男は言った。

「筋者ってのは上下の分を心得てなきゃ、やっていけねぇ渡世《とせい》よ。さむれぇなら誰彼構わず従うわけじゃねぇが、その名も高ぇ江川太郎左衛門様が直々《じきじき》にお命じなすったことだったら、もとより否やはねぇやな」

「そうかい。じゃ、さっそくひれ伏してもらうとしようかね」

さらりと告げるや、鉄平は懐から油紙の包みを取り出す。

細長い包みから取り出したのは、一通の書状だった。

「何でぇ、そいつぁ」

「まぁ、聞きなって」

訝る男を黙らせて、鉄平は書状を読み始めた。

「伊豆村の流人一同、わけても蔵三《くらぞう》と又八《またはち》に屹度《きっと》申し渡す」

「ど、どうして頭と俺を名指しで……」

愕然とする男の耳を、朗々とした声が続けて打った。

「そのほうらの所業の数々は明白にして許しがたく、本来ならば死罪に処すべきところを罪一等を減じ島送りに留《とど》めし御上のお慈悲を、甚《はなは》だ蔑《ないがし》ろにするものなり……」

それは江川英龍が直々に記し、出立前に左門たちに託した書状だった。

英龍は何の見返りもなく御用船を仕立て、極秘裡に三宅島に送り出してくれたわけではない。腕利きの三人を乗り込ませるのを幸いに、憂慮していた流人の風紀を粛清すべく影の御用を命じていたのだ。

ここ数日は伊豆村に日参している鉄平だが、島に来てから最初の四日は左門と政秀と共に英龍の書状を携えて他の村々を廻り、流人頭と腹心の者たちを懲らしめていたのである。

滞在中の伊ヶ谷村を皮切りに足を運んだ神着、坪田、阿古と合わせて四つの村では多少の抵抗はあったものの、鉄平と政秀で雑魚《ざこ》を蹴散らし、仕上げに左門が流人頭に凄みを聞かせ、制圧するのに成功していた。

しかし伊豆村の流人を取り仕切る蔵三は、五人の流人頭の中で最も手強い相手。

幕下のまま終わったものの力士くずれで腕っ節も甚だ強く、正面から乗り込んでも素直に言うことを聞きそうになかった。

政秀が本気を出せば打ち倒すことも可能だろうが、それでは配下の連中から恨みを買い、島を離れる前に寝首を掻かれてしまいかねない。

そこで左門は搦《から》め手で降参させるべく、洞窟を探るために必要な手駒である吾作を口説き落とす役目を兼ねて、鉄平のみを送り込んだのだ。

岡っ引きとしての手腕を発揮し、鉄平が探り当てた蔵三の弱みは女好き。糧を得るために春をひさぐ女流人たちには疾《と》うに飽き、生娘《きむすめ》のおたみを虎視《こし》眈々《たんたん》と狙っていることを突き止めて、かねてより機を窺っていたのだ。

蔵三の意を汲んで執拗につきまとい、無理やり流人小屋に連れ込もうとした小頭《こがしら》の又八も、不埒《ふらち》を働く現場を押さえられては万事休す。しかも役人の従者にすぎないと甘く見ていた鉄平が韮山代官の書状を取り出し、蔵三ともども名指しで咎められようとは思ってもみなかった。

左門たちの思惑は当たり、又八は顔面蒼白。

予想だにせぬ形で不意を衝かれ、正面から乗り込まれるより堪えていた。

晴れ渡った空の下、書状を読み上げる鉄平の声が無情に響く。

「……蔵三は言うに及ばず、合力《ごうりき》せし者どもも罪は等しく同じ。わけても又八は許しがたく、改悛《かいしゅん》の情なくば即刻成敗いたすものなり……」

難しい漢字までは読みこなせない鉄平に英龍が配慮し、ところどころにふりがなを振ってくれたのはご愛嬌だが、記された内容は厳しい限り。

怖い者知らずの流人たちが青ざめて、がたがた震え出したのも無理はあるまい。

「ご、ご勘弁くださいまし！」

「おやおや、命乞いかね又八さん。さっきまでの威勢はどうしたんだよ」

すがりついてくるのを押し退けて、鉄平は微笑んだ。

「お前さんみてぇな奴は当てにならねぇからな。口先だけで幾ら殊勝な物言いをしたところで、かいしゅんしたとは言えねぇんじゃないのかい」

笑みを浮かべたまま告げる内容も、また厳しい。

又八は完全に、進退が極まってしまっていた。

「だ、だったらどうすりゃよろしいんで……」

「そんなのは簡単なこったろうぜ」

微笑みを絶やすことなく、鉄平はさらりと答える。

「おたみちゃんを諦めるように、蔵三を説き伏せな」

「えっ」

「そうすりゃ俺から野々山の旦那を通じて、ご成敗なさるには及びませぬってお奉行に伝えてやるよ」

「そ、そんな無茶な……」

「何が無茶なもんかね。命あっての物種だろうが？」

にこやかに告げながらも、鉄平の目は笑っていなかった。

流人たちを見やる眼光は鋭く、気迫も十分。

さすがは「北町の虎」を長らく支えてきた、回向院の親分ならではの貫禄だった。

三

凪の海が陽光にきらめく様は、高台から一望できる。

「へっ、今日も穏やかなもんじゃねぇか……」

今日も左門は山道をてくてく歩き、角馬の許《もと》を訪れていた。

「あっ、ののやまのじいちゃんだ」

教場の小屋の中から目敏《めざと》く見付けたのは、がき大将の松吉。

「おいらはここだよ、おじいちゃーん！」

すかさず声を張り上げたのは、ちびの梅太。

「よしなよ、まだみんな手習いをしてるんだからさ……」

のっぽの竹三が恐る恐る注意をしても、聞く耳など持ちはしない。

騒ぎ出したのは、きかん坊の二人だけではなかった。

「じいちゃん！」

「じいちゃん!!」

諸手《もろて》を挙げて口々に呼びかける子どもたちの顔には、満面の笑み。

みんな左門と慣れ親しみ、心から歓迎しているのだ。

「やれやれ、幾つになっても困ったお人だ……」

授業にならず溜め息を吐きながらも、角馬はどことなく楽しげだった。


しばしの後、父子は縁側で白湯《さゆ》を啜っていた。

「ちょうどいい頃合いと思ったんだが、邪魔をしちまってすまねぇな」

「構いませんよ。今朝はお腹を空かせた子も多かったことですし、早めに中食《ちゅうじき》を摂らせようと思うておりました故」

「そうなのかい」

安堵の笑みを浮かべる左門の視線の先では、松吉を中心とする子どもたちが仲良く焚き火を囲んでいた。

一人ずつ火にくべていたのは、大きな葉っぱにくるんだ唐芋。

蒸し焼きにして、昼飯代わりに齧るのだ。

「あの芋もお前さんが用意したのかい？」

「村の衆から頂戴したのです。独りでは数が多すぎます故、子どもらに毎日手伝うてもろうておる次第でして」

「へっ、昼飯付きの手習い塾かい……ただでさえ大した先生に教わってんのに芋まで食わせてもらえるたぁ、あの子たちは幸せもんだな」

「何ほどのこともありませぬ。私はただ、己に為し得るだけのことをやっておるだけにござれば……」

微笑む角馬の横顔からは、父親への憎しみは見て取れない。

左門はもとより誰も恨むことなく、その日その日を真摯《しんし》に生きている。

そんな息子の顔を横目に、左門は安堵の念を覚えずにいられない。

一方で、尽きぬ後ろめたさを感じてもいた。

原因は、角馬の左足である。

膝の関節が曲がらぬため折り敷くことが叶わぬのだ。座るときは足を前に投げ出した形にしなくてはならず、学問所はともかく職場、とりわけ江戸城中ではまず大目に見てもらえぬ体であった。

この怪我が災いし、杖を突きながら熱心に毎日通った昌平坂《しょうへいざか》学問所で優秀な成績を修めていたにも拘わらず、公儀の役人の登用試験である学問吟味を一度も受験せずに終わってしまったのだ。

武芸一筋の父親に似ず、角馬は物静かで学問に秀でた男。

生涯を町奉行所勤めの同心で過ごすしかない左門とは違って、本来ならば幾らでも出世ができたことだろう。

元凶を作った左門としては、いたたまれない限りだった。

今日まで辛抱してきたものの、もはや問い質《ただ》さずにはいられなかった。

「……なぁ、角馬」

「何事ですか、父上」

「お前さん、ほんとに俺のことを恨んじゃいねぇのかい？」

「何を申されますのか、藪から棒に」

「ごまかさなくっていいからよ、この機に本音をサックリ聞かせてくんな。もう二度と会えなくなるかもしれねぇんだから、恨み言があるなら俺にぶつけてくれよ」

「父上……」

「お前さんの足がそんな有り様になっちまったのは、ぜんぶ俺のせいなのだぜ」

堰《せき》を切ったように左門は言った。

「親子三人水入らずでせっかく湯治に出かけたのに捕物の虫が騒いだばかりか、手柄を立てたお礼の振る舞い酒に酔っ払っちまってよ、お前さんの母親を死なせたあげくにそんな怪我までさせちまったのだぜ。それなのに、どうして何も恨みがましいことを言わずにいられるんだい？　ええっ」

「お止《や》めくだされ、父上。子どもらが見ておりますぞ」

「構わねぇよ、見物したけりゃさせておけ！」

ひとたび乱れた感情は、容易に静まるものではない。

松吉たちが唖然としているのも意に介さず、左門は続けて言い放った。

「ぜんぶ俺が悪いんだ！　才に長けてる倅を出世させてやれなかったのも、こんな島《とこ》に流される目に遭わせちまったのも、北町の虎だの狼だのって持ち上げられていい気になってた、この俺のせいなんだよ!!」

「父上……」

堪らずに左門は涙を流していた。

手を付けられず、角馬も茫然とするばかり。

そこに梅太が歩み寄ってきた。

「おじいちゃん、たべな」

とことこ近寄ってきて差し出したのは、焚き火で蒸しあがったばかりの唐芋。

「おいらしってるよ。おなかがすくと、ひとはおこりっぽくなるんだろ」

「梅太、お前……」

呆気に取られた左門を見上げて、にっと梅太は笑う。

「おいらだったらだいじょうぶだよ。たけぞうから、はんぶんわけてもらうもん」

ちいさな胸を張ってうそぶく梅太の肩を抱き、竹三が無言で頷く。

松吉も、手をこまねいてはいなかった。

「よーしみんな、じいちゃんにいもをわけてあげるぞ！」

「がってんだ!!」

鉄平の真似をして答えた幼子が、サッと唐芋を横にして握る。

ぽくん。

ぽくん。

可愛らしい音を立てて、蒸したての芋が二つになる。

見る間に左門は子どもたちに囲まれた。

「ほらじいちゃん、おいしいよ」

「みてごらん、ほっかほかだよ」

割った唐芋を両の手に握り、どの子も満面に笑みを浮かべていた。

惜しそうにしている子など、一人もいない。

松吉に至っては割りもせず、そのまま差し出していた。

「おれのがいちばんおいしいはずだせ、じいちゃん」

ここはがき大将の体面を保つため、口をつけてやらねばなるまい。

「すまねぇなぁ、それじゃ有難く頂戴するぜ」

目尻の涙を弾き飛ばし、がぶりと皮のままかぶりつく。

「熱《あち》ちち！」

たちまち左門は飛び上がった。

焚き火で蒸された唐芋は、思った以上に熱を帯びていたのである。

「あはははは！」

子どもたちが一斉に笑い出す。

釣られて角馬も微笑んでいた。

「大事ありませぬか、父上」

「す……すまねぇ」

ごほごほ噎《む》せながら、左門はバツの悪い面持ちで応える。

「何も恥ずかしいことはありますまい。さぁ、皆で中食にいたしましょう」

背中をさすってやりながら告げる、角馬の手つきは優しい。

浮かべた笑みは弟子の皆と同様に、何ら含むところのないものだった。

四

そんな父と子の和やかな姿を、物陰から一人の男がじっと盗み見ていた。

刀こそ帯びていないが、物腰を見れば武士だと分かる。

金谷才蔵《かなやさいぞう》、四十歳。

二年前に、角馬と共に三宅島送りにされた浪人である。

この才蔵こそ江川英龍が危惧する、謀叛を企む張本人であった。

「あやつ、嵐田の父御《てご》であったのか……野々山右門だのと、もっともらしい偽名まで用いおって……」

つぶやく口調は、苛立たしさに満ちていた。

それでも、姿を見せて文句を付けようとまではしない。

角馬が目障りなのは今に始まったことではない。二年前に流人船の中で初めて顔を合わせて以来、ずっと腹立たしい存在だった。

だが、それはあくまで個人の感情。

今は大望を成すことを、優先すべきである。

真面目な角馬が謀叛を企てているなどとあらぬ噂を流し、英龍と韮山代官所を混乱させた上で抜かりなく、事を実行に移すつもりなのだ。

謀叛と言っても、性急に事を為すつもりはなかった。

才蔵が目論《もくろ》んだのは自前の船を持ち、島会所を介さずに特産品を諸方に運んで売りさばいて利を得ること。

必ず潤わせると約束を交わして島民たちを信用させ、いずれ島抜けに用いるために船を造らせるのが真の狙いであった。

特産品の密売など、最初からするつもりもない。

自ら設計した船が完成したら、独りで海に乗り出すつもりである。

後になって罪を問われるのは、何も知らずに手伝った島民たちだ。

角馬ばかりを持ち上げて、学問では遥かに上を行っている自分を軽んじた仕返しと思えば胸もすく。自業自得で罪を背負い、死罪にでも何にでもなればいい――。

そんな才蔵のふざけた計画には、ある流人頭も加担していた。

和やかな風景に背を向けて、才蔵が向かった先は伊ヶ谷村。

相手の流人頭は、村外れの小屋で昼寝をしながら待っていた。

「これ、起きぬか」

才蔵に揺り起こされ、のっそりと身を起こす。

「遅かったじゃねぇですかい、金谷の旦那……」

目やにを弾き飛ばしつつ、才蔵を見返す視線は鋭い。

がっしりした体付きで、精悍な風貌の持ち主だった。

権六《ごんろく》、四十五歳。

上州《じょうしゅう》で小さいながらも一家を構えていた、博徒《ばくと》の親分だ。

権六は悪党ながら腕が立つ上に、頭も切れる。

左門たちに英龍直筆の書状を突き付けられても逆らうことなく、いち早く降参したのも思うところがあっての行動だった。

その折は平身低頭で応じたものの、ひとたび怒れば手がつけられない。

そして今、権六の怒りは才蔵に向けられようとしていた。

「旦那、どうして昨日は洞窟に来なかったんですかい。指図をしてくれる人がいないんじゃ仕事にならねぇって、村の衆がぼやいてましたぜ」

「ちと具合が悪くてな、起き上がれなんだのだ」

詰め寄られながらも動じることなく、才蔵はさらりと答える。

逆に戸惑ったのは権六だった。

「何ですかい、そりゃ」

「昨夜は夜更けまで図面を見直しておって、ちと目が痛うなったのでな……頭を使う仕事とは左様なものぞ」

「へぇ、左様にござんすかい」

ムッとしながらも声を荒らげることなく、権六は頷く。

一方の才蔵は、悪びれもしない。

「今日はこれから参る故、皆を集めてもらおうか」

「承知しやした。ひとっ走り、知らせに行かせやしょう」

「されば、拙者は先に参っておるぞ」

それだけ告げて、才蔵はそそくさと立ち上がる。

後ろも見ずに出て行く背中を、権六は憮然と見送った。

「へっ。相も変わらず勝手なことばかり言ってやがるぜ……」

「言わせておいてよろしいんですかい、親分」

ぼやく権六に躙《にじ》り寄ったのは、傍らで黙って話を聞いていた流人の一人。他の面々も一様に目をぎらつかせ、せかせかと遠ざかる才蔵の背中を睨み付けていた。

「あの野郎、ふざけやがって！」

「好きにさせときな、留吉《とめきち》」

怒りを堪えきれぬ若い流人を押しとどめつつ、権六はにやつく。

「誰よりむかっ腹が立ってんのは俺なのだぜ。お前らも辛抱しな」

「そうは言っても、あっしらだって……」

「いいから黙ってな。島抜けするための船を造るにはどうしたって、あいつの知恵が要るんだからよ」

「要は大工仕事でござんしょう。あっしらだって、見様見真似で……」

「そうですぜ、親分！」

「腹が立ってんのは留だけじゃありやせん。俺らだって同じですぜ!!」

権六の迫力に圧倒される留吉を庇い、居合わせた流人たちが口々に言い立てる。

しかし、権六は黙らなかった。

「いい加減にしねぇか、馬鹿野郎」

ずいっと背筋を伸ばしざま、吠える声は獣の如く猛々《たけだけ》しい。

若い流人たちはたちまち震え上がった。

「お、親分……」

「ガタガタうるせぇんだよ、てめーらは」

ドスを利かせて権六は言った。

「掘っ立て小屋なら素人でも何とか手に負えるだろうが、船はそう簡単にでっち上げられるもんじゃねぇ。漕ぎ出したとたんにひっくり返って、お釈迦になっちまったらどうするんでぇ」

「そ、そいつぁ困りやす」

震え声で答える留吉をじろりと見返し、権六は念を押す。

「得心したかい、留」

「へ、へい」

「だったらあの野郎をいちいち睨み付けたりしねぇで、気持ちよく仕事をしてくれるように先生、先生っておだててやるんだ」

「そんな、心にもねぇことを……」

「いいからやるんだよ。おめーらも分かったかい」

「へいっ」

「し、承知しやした」

「やれやれ、手間をかけさせるんじゃねぇよ」

苦笑を浮かべつつ、権六は再び寝転がる。

「てめーらも人の上に立ちたけりゃ、ちっとは二枚舌ってもんの使い方を覚えたほうがよかろうぜ」

「二枚舌、ですかい」

「まぁ、血の気の多いてめーらには難しいかもしれねぇがな」

きょとんとする留吉に、権六は仰向けになったまま答えた。

「ぶっ殺すのはいつでもできるこったが、死んじまったのを生き返らせるのは無理な相談だろうが。だったら役に立つうちは生かしておいて、ブッスリやんのは用済みになるまで待つしかあるめぇ。あの金谷とも、そういうつもりで付き合うこった」

「さすがでござんすねぇ、親分」

「へっ、褒めたところで何も出ねぇよ」

苦笑しながら、ぶっと権六は放屁した。

「お世辞なんかいらねぇから、てめーらは村の衆に知らせてきな」

権六が命じたのは、伊ヶ谷村で手を組んでいる者だけを招集することではない。流人は属する村から出ることを許されないが、村人は違う。まずは伊ヶ谷の仲間に声をかけ、他の村々にも走ってもらうのだ。

才蔵は船を造り始めるのに際して権六と示し合わせ、島内の五ヶ村すべてに希望者を募っていた。

崖下の洞窟に資材を運び込むには、より多くの人手が必要とされたからだ。

それも船の扱いに巧みで、夜陰《やいん》に乗《じょう》じて行動できる者が望ましかった。

条件に見合っていながら声をかけられなかったのは、伊豆村一の馬鹿正直で、こんな計画を打ち明けられたら島役人に訴え出かねない、吾作ぐらいのものだった。

ともあれ、骨を折った甲斐あって計画は着々と進んでいる。

「さーて、後は漁夫の利ってやつを待つばかりだな……」

誰もいなくなった流人小屋で独りつぶやき、権六は微笑む。

才蔵に手を貸す振りをしながら様子を窺い、船の完成を待って奪い取り、島で子分にした流人どもを連れて脱出する。

それが権六の真の狙いであり、他のことは一切考えていなかった。

しかし、色気ばかりは別らしい。

「親分さん」

「おう、来たのかい」

「来ちゃった」

小屋の戸口に立ち、にっこり微笑んでいたのはお浜。

「さ、入りな」

眠気も吹き飛んだ様子で、権六は嬉々として手招きをする。

「はーい」

お浜は何の迷いもなく、小屋に上がり込む。

教場を兼ねた角馬の小屋と違って、こちらは粗末ながらも壁がある。他の流人たちさえ出払っていれば、昼日中から情事を楽しむのに十分な環境であった。

「久しぶりだったなぁ、おい」

権六はお浜を抱き寄せ、せわしい手付きで前掛けの紐を解きにかかる。

「ったく面倒くせぇな。こんなもんを着けてることはねぇだろうが」

「あら、新吉さんはこれがお気に入りなんだよ」

「新吉さんって、誰だい」

「忘れちまったのかい。陣屋に泊まってる役人のお付きの、若い衆さ」

「何だ、あの若造かよ」

「おや、面白くなさそうじゃないか」

「決まってんだろ。あいつはうちの若い連中をぶっ飛ばしやがったのだぜ」

「それは留さんたちが突っかかったから悪いんだろう。それに新吉さんは怪我をさせないように手加減したって言ってたよ。痣《あざ》も何も、残っちゃいないし……」

「あんな野郎の話なんかどうでもいいだろ。さぁ、横になりな」

権六は忌々《いまいま》しげに吐き捨てつつ、ようやく外した前掛けを脇に放る。

そのまま裾を割るかと思いきや、太い指を差し入れたのは絣《かすり》の胸元。

「あー、こうしてると落ち着くぜ」

「何やってんのさ、くすぐったい」

胸乳をまさぐられ、お浜はくすくす笑う。

「女にとってはそんなの序の口だよ。早いとこ奥の院まで責めておくれな」

「まぁ急《せ》くなって。物事には何でも順序ってもんがあるんだよ」

「お江戸へ行くためにも、かい？」

「へっ、その通りだい」

「だから金谷先生のことも大事にしているんだね」

「そういうこった。どんだけあの野郎にむかっ腹が立とうが、船ができあがるまでは生かしておかなきゃならねぇのさ」

「親分も辛抱強いお人だね……ま、新吉さんも大概だけどさ」

「どういうこったい、そりゃ」

「あの人は顔を合わせるたびに、あたしのことを舐めるように見てるんだよ。それでいて奥手《おくて》なもんで、こっちは帯を解かせてくれって言ってくるのを待ってんのに何もしないのさ。今朝こそはって思ってたんだけど、やっぱり駄目だったねぇ」

「おい、お浜っ」

「ふふっ、焼き餅かい」

「ばばば、馬鹿を言うない。誰があんな、若造なんぞに……」

「どうだかねぇ、そんなに捏ねくり回して」

「す、すまねぇ。痛かったかい」

「平気だよ。手は口ほどに物を言いってやつだろう」

「こいつ、生意気を言いやがる」

小娘に翻弄《ほんろう》されながら、権六も悪い気はしていなかった。

「ところでお前、江戸で何をするつもりなんだい」

「曖昧宿《あいまいやど》ってとこで働くつもりだよ」

「素人女を抱えて春をひさがせてる、あれかい？」

「そう。大層稼げるって聞いたもんでね」

「おいおい、島から連れ出してやる俺を差し置いて、そりゃないだろ」

「駄目だよ。親分の相手をするのは、島にいる間だけって決めてるんだから」

「まさかお前、あの新吉って若造にそそのかされてんじゃあるめぇな」

「馬鹿をお言いな。あんな糞真面目な人に親分たちの企みを聞かせたら、みんなお縄にされちまうよ。さっきだって、先生が船を造らせている洞穴のことをごまかすのに大変だったんだから」

「あの若造、目を付けやがったのかい!?」

「新吉さんだけじゃないよ。野々山の旦那と勘平さんも、承知の上さ」

「ほんとかい……あの連中、代官の書状なんぞ持ってやがるから、ただの小役人じゃねぇとは思っていたが……」

「しばらくは大丈夫さ。新吉さんにはあたしが確かめたら何もなかったって嘘を吹き込んでおいたし、あの人たちに船を出してくれる奴なんかいないしね」

「そうかい……ま、念のために目だけは光らせておかなきゃなるめぇ」

「嫌だよ、まさか殺そうってんじゃないだろうね」

「いよいよとなったら仕方あるめぇ」

「新吉さんも、かい？」

「当たり前だい。事を知られたときは、三人まとめて始末をするさね」

「かわいそうに……今のうちに一遍ぐらい、相手をしてあげようかな」

「こいつ、目の前にこんないい男がいるのを蔑《ないがし》ろにするんじゃねぇよ」

告げると同時に、権六はお浜を組み伏せる。

「いやん、もっと優しくしておくれ」

「へっ、何を言ってやがる」

「もう、嫌だねぇ」

「嫌よ嫌よも好きのうちって……な」

「あん」

「へへっ……」

草壁《くさかべ》の隙間から射し込む西日が、絡み合う男女の姿を照らしている。

新吉こと政秀は、まんまと騙されていたようである。

どうやらこの島で無邪気に暮らしているのは、角馬を慕う子どもらだけらしい。

才蔵に権六、そしてお浜。

流人も島民もそれぞれの思惑の下、飽きの来た日常から脱却したいと望んで止まずにいるのであった。

彼ら彼女らの企みに、左門たちはまだ気付いていない。

三宅島を離れる日まで、残り十日。

残り少ないうちの一日は、すでに暮れようとしていた。

第五章　軍師杏葉館《ぎょうようかん》

一

高田俊平《たかだしゅんぺい》は戸惑いを隠せなかった。

（お奉行直々《じきじき》の呼び出したぁ、一体何事《いってえなにごと》だい……）

負けん気の強い顔を強張《こわば》らせ、奉行所の奥へと続く廊下を急ぎ足で渡りゆく。

俊平は当年二十四歳。若いながらも定廻同心で、築地本願寺《つきじほんがんじ》の界隈を持ち場として北町奉行所の一翼を担う、精鋭の一人である。

元を正せば士分ではなく、実家は本郷《ほんごう》の薬種問屋。

しかし少年の頃から剣術の修行に熱中して止《や》まず、旗本や御家人で通う者など稀《まれ》な天然理心流《てんねんりしんりゅう》に入門し、一途《いちず》に腕を磨いてきた。

腕を上げれば、試したくなるのが少年の常である。

ただでさえ見た目が生意気そうな俊平だが、防具と竹刀、そして天然理心流に独特の際立って太い木刀を肩に担いで歩いていると、名門道場に通う直参旗本の子弟からしばしば挑発されて喧嘩になり、返り討ちにしてのけるのが毎度のことだった。

そうした日常を経た上で俊平が知ったのは今日びの武士がだらしなく、中でも直参旗本は将軍家に直属の家臣でありながら、威張る奴ほど役に立たぬという事実。

ならば自分が武士に成り上がり、もしも将軍家に危機が迫った折には代わりに矢《や》面《おもて》に立ってやろうではないか——そんな倅の熱意に父の太兵衛《たへえ》は根負けし、どのみち店の跡取りに据えるのは難しかろうと判じた上で、三年前に同心株を買い与えた。

いざ大小の刀を帯びてみると苦労は絶えず、打ちのめされるばかりの俊平だったが南町で吟味方の名与力と知られた宇野幸内から教えを受けて成長し、晴れて楽隠居となった幸内の手を焼かせることもなくなり、宇野家に仕える女中で三歳下のお憐《りん》との仲も良好。いずれは嫁に迎えるつもりで、親代わりである幸内に縁談を申し入れる機をかねてより窺っている。

そんな俊平が幸内と同様に敬意を払って止《や》まぬのが、北町奉行所に欠かせぬいま一人の精鋭であると同時に、定廻同心として大先輩の嵐田左門。

このところ病欠の届けが出たまま奉行所にまったく姿を見せず、気になって組屋敷を訪ねてみても、お憐と違って淑《しと》やかさなど微塵も備えていない、女中のお熊に追い返されるばかりだった。

気になって調べてみたものの詳しいことは何も分からず、判じたのは左門の下で働く回向院の鉄平親分が時を同じくして、お伊勢参りに出かけたことぐらいのもの。かつて宇野家に仕えた槍持ちで、今は俊平のお抱えの岡っ引きとして働いてくれている政吉《まさきち》もあちこち聞き回ってくれたが、手がかりは得られずじまい。

もしや厄介な事件を抱え込み、鉄平と共に遠方へ出向いたのではないか——。

左門の行方も気懸りだが、今は呼び出しに応じなくてはならない。

それにしても、不可解である。

町奉行が配下の同心を名指しで呼びつけるなど、常ならぬことだ。

御用の上で日々顔を合わせるのは与力のみで、同心はせいぜい年に一度の大晦日に挨拶をして、翌年の人事について伝達されるのみ。町方勤めは与力も同心も一年ごとのお抱えであるが故のことだが実態は先祖代々の役目に等しく、よほど失態を演じぬ限りは異動や降格もされぬため、励めの何のと簡単にお言葉を賜《たまわ》るだけだった。

しかし今はまだ、十月の半ばを過ぎたばかり。

どうして呼び出されたのか、俊平にはまるで見当がつかなかった。

（ったく、解《げ》せねぇな。先々代のお奉行の遠山様はくだけたお人で、宇野のご隠居とお若い頃から親しくしてなすったそうだし、俺に内密の御用を申し付けなさることも多かったもんだが、新しいお奉行は大名家のお生まれで、世間に名の知れ渡った朝顔作りの名人と来てなさる……こいつぁ高貴なお方にありがちな、ただの気まぐれってやつかもしれねぇなぁ）

そうだとすれば、失礼ながら奥で長居をしてなどいられまい。

年末に向けて、町奉行所は南も北も御用繁多。今月は南の月番なので新規の訴えを受け付けてはいないものの、先月から仕掛かり中の事件については引き続き対応する必要があり、しかも左門が不在の穴を埋めなくてはならぬため、北町の廻方同心たちは定廻も臨時廻も隠密廻もてんてこ舞い。腕が立つだけでなく情にも熱く、見廻りの持ち場の住人同士の揉め事を仲裁するのが巧みな「北町の虎」の代わりに、それこそ猫の手も借りたいほどであった。

（まぁ、お奉行の呼び出しとあれば仕方あるめぇよ。せいぜいご無礼のねぇようにお相手をさせてもらった上で、下々《しもじも》は貧乏暇なしだってことをやんわり訴えさせていただくとしようかね……）

そんな思案を巡らせつつ、俊平は長い廊下を渡っていく。

着いたところは奉行の私室。

障子が閉じられた部屋の前には二人の内与力が並んで座り、護りを固めている。

いずれも役人ではなく奉行が一旗本として私的に召し抱える家臣のため、去る十月一日に前任の阿部正蔵が御役目替えとなったあと、顔ぶれが入れ替わっていた。

「何を愚図愚図《ぐずぐず》しておったのか、無礼者め」

俊平の姿を見るなり叱り付けたのは、四半刻（約三十分）ほど前に廻方同心の御用部屋まで呼びに来た内与力。隣に座った同僚より優に一回りは年嵩で、顎の張った顔付きが厳《いか》めしい、見るからに面倒臭そうな中年男であった。

「こちらは先程から手持ち無沙汰で待っておるのだ。はきと遅参の訳を申さぬか」

「はぁ」

「はぁ、ではあるまいぞ。ふざけておるのか、うぬっ」

「いえ、別にふざけちゃおりやせんが……」

「その生意気な顔が気に食わぬと申しておるのだ、いい加減にせい」

ああ言えばこう言うとは、まさにこのこと。何とも鬱陶しい。

「真崎《まさき》殿、その辺りでよろしゅうござろう」

隣の若い内与力が、やんわりと口を挟む。

しかし、年嵩の真崎は聞く耳など持ちはしない。

「黙りおれ間島《ましま》。若造のくせに邪魔立ていたす所存か」

「も、申し訳ござらぬ」

じろりと睨まれ、若い間島はたちまち引き下がった。

せっかくの助け舟も、これでは台無し。

真崎は日頃からネチネチした物言いが癪《しやく》に障《さわ》る、新任の内与力たちの中でも一番の嫌われ者だった。

俊平とて好きで遅れたわけではなく、先月から揉めている案件が片付き次第に参上すると、あらかじめ返事をしておいたはずである。

にも拘わらず、気を利かせてくれるどころか足止めするとは何事か。

奉行直属の家臣として主君の威光を鼻にかける内与力にありがちなことだが、日頃から軽んじている町方役人、しかも軽輩の同心が主君に呼び出されたのが面白くないらしい。真の忠義者であれば四の五の言わず俊平を部屋に通してやり、まずはあるじの望みを叶えることを優先すべきところなのに、いつまでも足止めをしておいて勝手な説教を垂れたがるのだから、何とも質《たち》が悪かった。

しかし、俊平も言われっ放しで大人しくしていられるタマではない。

相手がふざけているのだから、逆におちょくってやればいい。

「遅くなっちまってすみやせんでしたね、真崎様……」

俊平は薄ら笑いを浮かべて言った。

「先程も申し上げたこってすが、ちょいと廻方も御用が立て込んでおりやしてね」

「ふん、何が左様に立て込んでおったと申すか」

「おや、お聞きになりますかい」

「むろんじゃ。何事も子細を問わねば埒が明かぬ故な」

「そうですかい……でしたら申し上げやしょう」

にやりと笑うや、俊平は一気にまくし立てた。

「そりゃもう、年も押し詰まって参りやしたんで掏摸に置き引きにかっぱらい、盛り場じゃ女の尻をまさぐる痴《し》れ者《もの》も多うござんすし、酒を呑む折が常より多くなりますんで喧嘩騒ぎも増えておりやす。あれこれ面倒なこってすが、町方としちゃ無下にも扱えませんし、せめて存じ寄り同士の揉め事はできるだけ内済にしろって勧めておりましてね、今し方まで手間取ってたのも先月の末に訴え出られた、俺の持ち場の築地に住んでる飾り職の色男が品物を納めてる店の内儀と不義を働いたのどうのってゴタゴタでしてね、やせぎすの亭主が生かしちゃおかねェって息巻いてんのを、お前さんにゃ無理な相談だぜってようやく説き伏せて、帰したばかりでございやす。どのみち誘ったのは内儀ですし、亭主としても奢侈の御禁令がようやく解けた稼ぎ時に、出来のいい簪《かんざし》を納めてくれる職人を失いたくはねェそうで、お互い様で丸く収まりそうでございやす。ま、こんな具合で毎日あれこれ立て込んでる次第なんでさ」

「ええい、長々と御託《ごたく》を並べるでない！」

ついに真崎がぶち切れた。

「そもそも何だ、うぬの無頼の輩《やから》めいた口の利き様は？」

「おやおや、まだご存じなかったんですかい」

動じることなく、俊平はうそぶく。

「俺ら廻方が左様しからばなんていちいち武張った物言いをしてたんじゃ、町の衆は煙たがって相手にくれやせん。何事も御用のためってもんでございやすよ」

「それはそれだ。畏れ多くもわが殿、いや……お奉行の御前にて左様に無礼な物言いをいたさば許さぬぞ」

「へい」

「返答ならば、はいと申せ」

「はいはい、分かりましたよ」

「うぬっ、口の減らぬ奴め……」

真崎は額に青筋を立て、更に叱り付けようとする。

と、障子越しに問う声が聞こえてきた。

「これ、そこにおるのは高田俊平かの？」

如何にも殿様らしい、穏やかな口調である。

「左様にございます」

すかさず答えたのは真崎。

俊平に口を挟ませまいとして、恭《うやうや》しくもくどくどと言上《ごんじょう》する。

「無礼千万な若輩なれば、畏れながらお奉行に成り代わり、それがしが説教を……」

しかし、御託はあっさり遮られた。

「もういい。そのほうは間島ともども下がりおれ」

「お、お奉行？」

「先程から待たされておる身にもなってみよ。そのほうがいつまでも粘っておれば年が明けたと思い込み、儂の大事な朝顔の種たちが芽吹いてしまうではないか」

「いえ、それがしは左様なつもりでは……」

「黙りおれ。この寒空では如何なる出物《でもの》も、たちどころに枯れてしまうわ。そのほうは儂が苦心して集めた種を、それほどまでに無駄にさせたいのか？」

「め、滅相もありませぬ」

「ならば去れ。話が終わるまで何人《なんぴと》たりとも近付けては相ならぬぞ」

「ははーっ」

障子の向こうの主君に深々と頭を下げ、真崎と間島は立ち去った。

人払いがされた一帯は、たちまち静まり返る。

俊平から見えない位置に控え、気配だけを漂わせていた他の内与力も全員退散したのである。

「入るがいい、高田」

「へ、へい」

手ずから障子を開けた俊平は、まずは敷居際で平伏する。

「近《ちこ》う寄れ」

呼びかける口調は、変わることなく穏やかだった。

「し、失礼をいたしやす」

俊平は作法通りに膝行《しっこう》し、上座の前まで進み出る。

「苦しゅうない、面《おもて》を上げよ」

促されるままに上体を起こすや、目が合った。

「そのほうが高田俊平か。思うた通りの面構《つらがま》えだの」

「お、恐れ入りやす」

「ははは、何も褒めてはおらぬぞ」

人を食ったように笑っても、あくまで品《ひん》が下がりはしない。

しかも若々しく、青年と言っても差し支えのない容姿をしている。

凶悪な犯罪を取り締まる立場らしからぬ、雅《みやび》な雰囲気の持ち主であった。

鍋島内匠頭直孝、三十五歳。

佐賀《さが》三十五万七千石の九代藩主で去る天保十年（一八三九）に没した、鍋島斉直《なりなお》の五男に当たる。現藩主の直正《なおまさ》は六歳違いの弟で、先代の頃に著しく傾いた藩の財政を立て直すべく改革を推し進める、若き名君である。

一方の直孝の存在は杏葉館の号を持つ、朝顔作りの匠《たくみ》として世に名高い。

戦国の昔から続く武門の家柄でありながら親兄弟とは真逆の道を行く一方で、分家の旗本に養子入りし、北町奉行となるに至ったのだ。

旗本としては大した出世と言えようが、任に適しているのか否かは判然としない。

（思った以上に風変わりなお殿様だな。町奉行なんて大変なお役目が、これで務まりなさるのかねぇ……？）

俊平ならずとも、そんな戸惑いを覚えずにはいられぬ人物だった。

二

「苦しゅうない。常の通りの物言いで構わぬ故、そのほうが得心しかねる儀があれば何なりと申すがよかろうぞ」

そう前置きをして直孝が俊平に命じたのは、思わぬ御用であった。

「蔵前の札差衆を余さず調べ上げ、怪しい動きがあればすぐさま知らせろとの仰せでござんすかい……？」

「左様。久留米屋も見逃すでないぞ」

「久留米屋も……ですかい？」

「うむ。あるじの仁兵衛から目を離すな」

「はぁ」

首肯しながらも、俊平は戸惑いを隠せずにいる。

無理もないことだった。

若旦那の半平が大塩平八郎の一味の残党によって拐かされ、回向院近くの太物屋に監禁されているのを突き止めた伊庭秀業から通報を受け、南町奉行所の一隊が現場に急行したものの一足違いで連れ去られてしまったのは、つい昨日のことだった。

自分が参加したわけではないものの、俊平は遺憾な限り。

半平とは短い間だったとはいえ、同じ廻方の同心として共に働いた仲。

線が細く女形のような美男子で、見た目こそ自分と真逆であったが内に秘めた熱さは相通じるものがあり、親しくさせてもらっていた。

それにしても、左門は一体どうしたのか。

本当に病の床に臥せったままなのか、あるいは何か影の御用を仰せつかって江戸を離れているのかまでは判然としないが、俊平よりも付き合いの長い半平の命が危うい折に何の手も打たず、放っておくとは解せぬことだ。

町奉行所に事を委ねているのかもしれないが、月番が南町である限り、探索がどこまで進んでいるのかは、北町の俊平たちにまで伝わってこなかった。

分かっているのは昨夜の捕物出役が空振りに終わり、不逞の浪人の二人組が根城にしていた太物屋の床下から、あるじ夫婦の無残な亡骸が見付かった事実のみ。

敵は庶民を圧政から救うという大義名分を掲げていながら、無辜《むこ》の民を殺すことを何とも思わぬ外道なのだ。

このままでは、半平もどうなるか分かったものではない。

できることならば札差衆の探索ではなく久留米屋のみ、それも気落ちしているのが明白なあるじの仁兵衛ではなく、若旦那の行方を追わせてもらいたいのだが——。

表情を固くしている俊平の耳朶《じだ》を、直孝の雅な声が打つ。

「これはそのほうが適任と判じたが故、命じることだ。しかと調べを付けよ」

「……心得やした」

俊平はやむなく頭を下げた。

役人が私情で行動してはならないことは、もとより重々承知している。

以前は弱者への同情や怒りに任せて突っ走ることもしばしばだったが、そのたびに幸内から説教をされ、時には鉄拳で制裁されて、自重するに至っていた。

かつての同僚が危ういとはいえ、みだりに動いてはなるまい。

しかし御米蔵の内情まで調べよとの命令には、さすがに首肯しかねた。

蔵前の治安を護ること自体は町奉行の管轄であるものの、大川に面して設けられた御米蔵への年貢米の搬入と保管は、勘定奉行の監督の下に行われている。

その御米蔵に立ち入るのは、明らかな越権行為。

しかも一同心に過ぎない俊平には、手に余ることであった。

「畏れながら、そいつぁお役目違いでござんしょう。そもそも俺の持ち場は蔵前じゃありやせんし……」

「持ち場の件ならば、筆頭同心に儂から直々《じきじき》に指図をしておく。どのみち月番は南町である故な、差し障りはなかろうぞ」

堪らず反論した俊平に、直孝は即座に答える。

有無《うむ》を言わせぬ一方で、抜かりなく配慮をしてくれているのだ。

口うるさい筆頭同心以上に手に余る相手への対処も、抜かりはなかった。

「御米蔵の役人衆に邪魔立てされると思うておるのならば、案じるに及ばぬぞ。勘定奉行の跡部能登守《あとべのとのかみ》殿には、すでに話を付けてある故」

「能登守様って、まさか前の老中首座の……」

「左様。水野越前守様の弟御にして、一回りも年が離れておられる御仁ながら儂とは常々昵懇《じっこん》に願《ねご》うておる、朝顔友達よ」

「朝顔友達？　何ですかい、そりゃ」

「そのほうは知るまいが、能登守殿はなかなかの匠《たくみ》でのう。御政道のみならずその道においても、ひとかどの御仁なのだ」

「左様でござんしたか。それはまた、大したお人とご存じ寄りで……」

「こたびの頼みも快う受け入れてくださり、すでに調べを進めておられる。切米《きりまい》手形の動きに不審の儀があるとかねてより申されておった故、ご自身としても捨て置けぬのであろうよ」

切米手形とは知行地を持たない直参旗本と御家人に公儀が支給し、御米蔵から出庫される米の受け取り代行と現金化を請け負う札差に委託されている。

しかし今や切米手形は札差から借金を重ねるための担保に成り下がり、暮らしを維持できなくなった旗本と御家人は、何年も先まで引き渡す旨を証文にしたためて金を借りねばやっていけない。つまり、諸国の天領で収穫される年貢米は公儀の手から離れ、蔵前の札差衆に握られてしまっているのである。

米そのものが手元に無くても所有権さえ持っていれば財産となるし、複数の札差が手を組めば、米相場を意のままに動かすこともできる。

米の値段の変動は景気に大きく影響し、値上がりすればすべての物価が変わる。

見かねた水野忠邦が株仲間の解散を強行し、札差衆の横の繋がりを断ったところで焼け石に水でしかなかったのは周知の事実。

かえって旗本も御家人も札差から金を借りにくくなり、一層追い詰められただけのことだった。

元凶の忠邦を罷免したものの、未だに公儀が対策に苦慮していることは俊平も聞き及んでいた。

武家の威光を振りかざすだけで従うほど今日びの商人は甘くなく、臍《へそ》を曲げれば何食わぬ顔で公儀の御用を妨害するぐらいのことは、平気でやってのける。まして豪商ともなれば、幕府に貸し付けた金の返済を迫ってくるだけでも脅威であった。

そして蔵前の札差衆は、上方《かみがた》の豪商たちとは違った意味で厄介な存在。

すべての札差が金儲けに狂奔しているわけではなく、蔵前でも指折りの大店でありながら真っ当な商いに励む久留米屋のような店もあるものの、総じて悪い影響を天下に及ぼす以上、しかるべく手を打たねばなるまい。

(こいつぁ手形を貯め込んで好き勝手してやがる、悪辣《あくらつ》な札差どもを懲らしめるのが狙いらしいや。どうやらお奉行ぉ一人の考えって言うよりは、ご老中辺りから出た話なのかもしれねぇなぁ……)

左様に判じれば、一同心の俊平に白羽の矢が立ったのも合点《がてん》がいく。

格上の役人であれば御米蔵はもとより札差衆にも干渉できる反面、遠慮も多い。

ただでさえ株仲間の解散で不興を買っているのに、これ以上の強硬な取り締まりに踏み切れば報復として貸し付けをすべて拒絶されてしまい、旗本も御家人も暮らしに行き詰まって下手をすれば旗本八万騎の存続の危機にもなりかねない。

その点、俊平は裏に廻ってしか動けぬ反面、如何なる事実であろうと迷うことなく暴き立て、上に報告することができる。

もちろん裏であろうと為し得ることには限りがあるが、北町奉行と勘定奉行が密かに手を組んでいるのであれば、俊平としても心置きなく働ける。

それにしても跡部良弼《よしすけ》を担ぎ出すとは、直孝もやるものだ。

水野家から大身旗本の跡部家へ養子入りして出世を重ねた良弼は、兄の忠邦の威光を笠に着た奸物《かんぶつ》と見なされがちだが、決して無能というわけではなかった。

六年前に大塩平八郎が乱を起こした原因である大坂の米不足は、将軍のお膝元たる江戸において飢えた民が打ちこわしを引き起こすのを危惧した忠邦の命《めい》を受け、時の大坂東町奉行だった良弼が大量の米を流したが故のことだと言われている。

しかし実際には風評ほど悪辣な真似はしておらず、老中首座の兄に無条件で従っていたわけでもない。未だに幕閣に残留していられるのも失脚した兄に迎合せず、己が判断に基づいて動いたのが功を奏してのことだった。

そもそも無能な人物であれば、俊平も安心はできない。

(能登守様が後ろ盾になってくださりゃ、遠慮なしに動けるってもんだぜ)

そう確信したのは人柄はともかく、勘定奉行としては有能であると、日頃から見なしていればこそだった。

と、直孝はおもむろに話を変えた。

「時にそのほう、嵐田左門とは上手《うま》くやっておるのか」

「嵐田さん、でござんすかい？」

「うむ。北町の虎……かつては狼と呼ばれておったそうだが存じておるか」

「そりゃもう、俺らの大先達《せんだつ》でございやすから」

「聞けば、このところ重い病で臥せっておるそうだの」

「そうなんですよ。何しろ見舞いに行っても会わせてもらえねぇ始末で……」

「左様であるか……ふっ、上手くやっておるらしいの」

「は？」

俊平は怪訝そうに問い返す。

しかし直孝はそれ以上、何も明かそうとしなかった。

「もう下がってよいぞ、高田」

「あの、お奉行」

「後はそのほうの裁量に任せる故、しかるべく動くがいい」

「すみやせんが、ちょいとお尋ねを……」

「大儀であったの」

質問を許すことなく、直孝は腰を上げた。

足を運んだ先は、壁際に置かれた棚の前。

薬種問屋で用いられる棚に似て、引き出しの数がやけに多い。

「おお、よう眠っておるのう」

ひとつずつ引き出しを開けては語りかけた相手は、小袋に収められた種子。

直孝が自ら目利きをして採取した、さまざまな変化《へんか》朝顔の種である。

江戸での朝顔人気は、十一代将軍の家斉《いえなり》公の治世が長らく続いた文化文政《ぶんかぶんせい》の頃に端《たん》を発し、更なる過熱ぶりを見せている。

とりわけ好事家《こうずか》の間で人気を集めたのは常の形のものではなく、花も葉も一見しただけでは朝顔とは判じがたい、珍花奇葉《ちんかきよう》を備えた逸品。

後の世のように遺伝工学に基づいて量産されるわけではなく、あくまで天然自然の産物として咲く一代限りのものではあったが、異なる種類の朝顔の間での受粉が偶然に成立して誕生した珍花は種が保存されて世に広まり、更に複数の珍花を巧みに掛け合わせることによって、数々の新種が生み出されていた。

「おうおう、可愛いのう……」

語りかける直孝の態度は、慈愛に満ちたもの。

俊平には理解しがたい振る舞いだったが、邪魔をしては悪い。

「失礼をいたしやす」

「うむ」

背中越しに答えた直孝は、最後の引き出しをそっと閉じる。

「嵐田左門に高田俊平、二人を繋いだ宇野幸内……ふっ、人も花も異なる同士が合縁奇縁を結ぶほどに、妙なるものとなるのは同じらしいの」

微笑みを浮かべてつぶやいたのは、廊下を渡る足音が遠ざかった後のこと。

大名家の若様育ちと思いきや、一挙一動には抜かりがない。そつのない素振りは、俊平に対するものだけではなかった。

「よろしゅうございますか、殿」

「たわけ、奉行と呼べと常々申し付けてあるはずぞ」

恐る恐る様子を見に来た真崎を、直孝は視線も向けずに叱り付ける。すでに棚から離れて文机の前に座り、決済待ちの書類に忙しく目を通していた。

三

それから五日が経った。

左門が病欠となった日から数えれば、早くも十日。

その身を案じる一方で、俊平は毎日無駄なく動いていた。

月番が南町である限り、時間を作るのはさほど難しいことではない。

真崎をおちょくったときは大袈裟に言っただけで、持ち場の築地界隈で特に厄介な事件や揉め事は起きておらず、密通騒ぎの一件も穏便に落着していた。

今日も俊平は奉行所の御用部屋を抜け出し、蔵前に足を運ぶ。

身なりはいつもの黄八丈と黒羽織ではなく、きちんと袴を着けて大小を閂《かんぬき》に帯びた武家らしい装い。鬢《びん》付け油で固めた髪形ばかりは容易には直せぬため、深編笠を用意するのを忘れなかった。

そうやって御家人になりすまし、蔵前の界隈を歩き回るのは日中だけのこと。

ひとたび陽が沈めば黒装束に身を包み、あちこちに忍び込む。

着流しの裏地を黒い布に付け替え、裏返して用いる形のものである。少々荷物にはなるものの大小の刀と十手に黒羽織をまとめて持ち歩き、危なくなれば物陰で素早く着替えれば追っ手から逃れ、町境の木戸も自在に通れるので安心だった。

(同心が盗っ人の真似事をしていて捕まったんじゃ、洒落《しゃれ》にならねぇからな……)

その夜、俊平が忍び込んだのは久留米屋。

半平に招かれて幾度も足を運んでおり、間取りも勝手知ったるものなので他の札差の店を調べるよりも楽だったが、見付かるわけにはいかない。

すでに全員が床に着いており、店はもとより母屋も静まり返っている。

足音を忍ばせて鍵を持ち出した俊平は、中庭に出た。

目当ては厳重に施錠された、土蔵である。

火事の多い江戸では、貴重品を保管するための蔵は欠かせぬ備え。

個人の家では土間や床下に窖《あなぐら》を掘るのがせいぜいだが、大店ともなれば土蔵を持つのが当たり前。久留米屋も例外ではなく、間違っても失うわけにいかない証文や手形の類がまとめて保管されているはずだった。

(さーて……)

錠前を開き、入り込んだ土蔵の中で俊平が知ったのは思わぬ事実。

（どういうこったい、こいつぁ!?）

俊平は瞠目《どうもく》せずにいられなかった。

無理もあるまい。山ほど預かり、大事に保管していたはずの切米手形が一枚残らず持ち去られてしまっていたのである。

顧客の旗本や御家人との間で取り交わした借用証文ともども、半平を拐かした悪の一味の手に、すでに渡っていたのだ。

（何てこった。仁兵衛ともあろうお人が、早まった真似をしやがって……）

身代金《みのしろきん》となったのだろうと察しが付いた俊平だったが、半平を連れ去った二人組の浪人が未だに身柄を返さぬまま、新たな根城をここ蔵前に求めたとまでは、夢想だにしていなかった。


「そろそろ埒が明きそうですな、佐野さん」

「うむ。これもおぬしが次善の策を講じてくれたおかげだの、堺屋《さかい》」

「はははは、どの道にも手練《てだれ》という者はおりますのでね。如何なる筆遣いであろうと巧みに写し、本物そっくりに仕上げてくれるのですよ……ま、それなりに手間賃は弾んでやらねばなりませんがね」

「よいではないか。久留米屋の身代が潰れさえすれば、おぬしは満足なのだろう？」

「それはそうですが、余分な費《つい》えを惜しむのが商人というものですので」

「ふん、我らの食い扶持も左様に思うておるのか」

「いえいえ、滅相もありません。どうかご存分に暴れていただき、お江戸を火の海にでも何にでもなすってくださいまし」

「もとよりそのつもりぞ。おぬしは心置きのう上方に戻り、我らが吉報を待っておるがよかろう」

「くれぐれも頼みますよ」

佐野に笑顔で告げたのは、福々しい丸顔をした初老の男。

傍目には好々爺《こうこうや》としか映らぬことだろうが、大きな腹の内は真っ黒け。

旧知の浪人たちと手を組み、江戸の焼き討ちを後押しする見返りに商売仇の久留米屋を潰すことを依頼した、悪しき男だった。

堺屋福兵衛《ふくべえ》、六十歳。

来年で還暦を迎える大物の札差は、上方で亡き大塩平八郎に援助をしていた豪商の一人であった。

それでいて罪に問われずに済んでいるのは公儀に対しても献金を怠らず、敗走した大塩父子の隠れ家を密告してもいたからだ。

福兵衛が外見に似合わぬ蝙蝠《こうもり》であることを、佐野ら残党は知らない。

久留米屋を潰すために利用されただけにすぎず、自分たちも亡き師と同様に公儀に売られる運命であることも、未だ気付いてはいなかった。


翌日、俊平は奉行所勤めを休んだ。

装いだけは常の通りの黄八丈と黒羽織で、向かった先は蔵前の久留米屋。

今度は正面から乗り込んで、仁兵衛を問い質《ただ》すつもりであった。

南の同心に出くわしても、意に介さない。

「何だおぬし、月番が代わるのはまだであろうが」

「やかましい！　おめーらなんぞにいつまでも任せておけるかってんだ‼」

店の前で行く手を阻んだのを連れの岡っ引きともども張り倒し、暖簾を潜る。

「な、何事ですか高田様」

「ご、ご無体でありましょう」

「すまねぇが旦那に会わせてくんな……用向きは直《じか》に伝えさせてもらうぜ」

立ちはだかった手代たちを睨み付け、告げる口調に迷いはない。

半平の命ばかりか久留米屋の身代まで危機に瀕していると知った以上、もはや裏で動いてばかりはいられなかった。

「御免よ」

一言断り、雪駄を脱いで店に上がる。

仁兵衛は奥の一室で、呆けたように座り込んでいた。

昨夜は寝ているところまで見届けはしなかったものの、恐らく一睡もできぬ毎日が続いているのだろう。

見るも無残に痩せこけた姿を痛ましげに見やりながら、俊平は座敷に踏み込む。

「高田様……」

「お前さん、息子を助けるために早まったんじゃゃねぇのか」

「な、何と仰せになりますのか」

「とぼけるのは無しにしようぜ。切米手形も借用証文も、ぜんぶ半平さんを拐かした奴らに渡しちまったんだろう？」

「……」

「今のお前さんを見て、察しが付かねぇほうがどうかしてるぜ。久留米屋仁兵衛ともあろうお人がそんなに呆けちまうなんて、一代で築いた店が無くなる瀬戸際ぐれぇのもんだろうさ」

告げる口調は、あくまで厳しい。

これ以上、仁兵衛に揺らいでもらっては困るのだ。

廊下を突き進む途中で弱りきっている様子を目にした、半平の姉夫婦と勝代にまで同じ真似をするつもりはない。

いずれ店を継ぐことになるとはいえ、今はわぁわぁ泣くばかりの吉太郎に対しても同様であった。

しかし、仁兵衛は違う。

老いても久留米屋の大黒柱であり、蔵前の良心と言うべき存在だからだ。

敵に弱みを付けこまれたのであれば、今からでも反撃に転じなくてはなるまい。

そのためには、しっかりしていてもらわねば――。

「どうしなすった？　そんなとこで座ってる暇なんかありゃしねぇだろ！」

語気も鋭く、俊平は仁兵衛の肩を揺さぶる。

そこに、重い声が聞こえてきた。

「いい加減にしな、お若いの」

「だ、誰でぇ」

俊平は慌てて視線を巡らせる。

敷居際に立っていたのは見覚えのある、一人の偉丈夫だった。

「お前さんの気持ちは分からなくもねぇのだぜ。俺だって連中に出し抜かれたときはむかっ腹が立っちまって、本身《ほんみ》を三千がところ振っても収まらなかったからな」

「れ、練武館の伊庭先生……」

「おや、俺の面《つら》を知ってんのかい?」

秀業は微笑んだ。

「だったら話は早え。お前さん、ちょいと付き合いな」

「い、何処《いずこ》へ参られるのですか」

「うちの道場だよ。防具と竹刀は貸してやるから、俺んとこの猛者《もさ》連中と思いっきり打ち合って、頭をスッキリさせるがよかろうぜ」

俊平を引っ立てていく秀業から、先夜の迷いは失せていた。

道場を運営する金策を頼みに懇意の札差に朝駆けをする道すがら、久留米屋に乗り込んでいくところをたまたま見かけたのは幸いだった。

名も知らぬ同心が憤る気持ちは、本当によく分かる。

しかし、幾ら吠えても事態は動かない。

新たな策を共に講じ、慎重かつ迅速に動くためにも、この若い同心に冷静になってもらうことが必要と言えよう。

「お、お離しくだされ」

「いーや、お前さんみてぇに無鉄砲な手合いには、ちょいと痛い目を見てもらなきゃなるめぇよ。念のために言っとくが、うちの心形刀流は荒っぽいぜ」

嫌がるのを構わずに、秀業はずんずん進みゆく。

誰であれ、半平を助けるために動いているなら仲間である。

この無鉄砲な若い同心を引っ張り込めば、膠着《こうちゃく》した事態が動くかもしれない。

すべては打算ではなく、直感であった。

四

かくして俊平が下谷御徒町の練武館に連れて行かれ、腕利き揃いの秀業の高弟たちとの猛稽古で疲労困憊《こんぱい》して倒れてしまった頃、江戸城は本丸御殿の町奉行の御用部屋で二人の男が向き合っていた。

「甲斐守様、よろしいですかな」

「何でござるか、内匠頭殿」

「卒爾《そつじ》ながら、ちとお人払いを願います」

「左様か」

小さく頷くと、鳥居耀蔵は無言で目配せをした。

居合わせた奥右筆《おくゆうひつ》の下役が一礼し、預かった書類を手にして退出する。

後に続き、茶坊主たちも速やかに廊下へ出て行った。

襖が閉じられるのを待ち、鍋島直孝は膝行して耀蔵の面前に罷《まか》り出る。

敬意を払うのは当然だった。南町奉行は北町より格上で、官位も耀蔵のほうが高いばかりか年上でもあるからだ。

しかし、耀蔵の心境は些か複雑。

相手は鍋島藩主の御曹司であり、現藩主の兄君に当たる人物。

対する自分は将軍家の侍講《じこう》を代々務めた林家の出とはいえ、儒学の道で大成するに至らぬまま、旗本の養子となった身にすぎない。

今は旗本なのは同じと言っても、自ずと育ちには埋めがたい差がある。

「ご配慮の段、痛み入り申します」

「いや、何程のこともござらぬ……」

雅な口調で謝意を示されたのに答える、耀蔵の顔に表情は無い。

無愛想なのは毎度のことだが、今は若干の遠慮がある。

何も身分の違いだけで、圧倒されていたわけではない。

(いつ見ても屈託がない。同じ大名の子でも、越前守とは違うの……)

耀蔵が胸の内でつぶやいたのは、水野忠邦のこと。

忠邦は幕閣の頂点に立ちたい一念のみで臣民を省みず、長崎警備の役目を代々担うが故に九州の地を離れられない唐津藩《からつはん》から浜松藩《はままつはん》への国替えを公儀に願い出て、老中首座となる足がかりを得た男。結果としては分不相応であり、大役を全うできぬまま罷免されたのも無理からぬ、有り体《あ　てい》に言えば小物だった。

だが、直孝はまるで違う。

家督を年の離れた弟に取られて自身は分家の一旗本へ養子に出され、長きに亘《わた》って閑職に甘んじてきたというのに、世を拗《す》ねたところなど皆無である。

不可解なことだが、無理に屈託なく振る舞っているわけではない。

(一芸を極めた者であるが故、浮き世離れをしておるのやもしれぬ……)

そうでも思わなければ理解しがたい、つかみどころのない人物であった。

それにしても、改まって何を話そうというのだろうか。

「お話を承《うけたまわ》ろうか、内匠頭殿」

耀蔵は先んじて水を向けた。

「されば、謹んで申し上げます」

優美な笑みを浮かべながら、直孝は言った。

「蔵前の札差が拐かしに遭うた一件、その後のお調べは如何《いかが》にございますかな」

「その儀ならば、先だって伝えし通りぞ」

「たしか本所回向院裏の隠れ家はもぬけの殻にて、逃げ去りし賊の足取りは杳として
つかめぬとの由にございましたな」

「左様」

「したが甲斐守様、あれから一廻りは経っておりますぞ」

「……内匠頭殿」

「何でございますかな」

「貴殿はもしや、躬共《みども》の調べに落ち度があるとでも申されたいのか」

「いえいえ、滅相もござらぬよ」

直孝は一笑に付した。心なしか、言葉も砕けたものになりつつある。

この男、一体どういうつもりなのか――。

耀蔵は黙ったまま、じっと直孝を見返した。

多くの者はこの沈黙に耐えきれない。

すべてを見透かすかの如き視線と態度に圧《お》されてしまい、自ら口火を切って胸の内を明かさずにいられなくなるのが常であった。

だが直孝は先程から一向に動じることなく、逆に耀蔵を圧倒している。

それでいて、自然に笑みを浮かべたままなのだから質《たち》が悪い。

（こやつ、何を考えておる……？）

耀蔵は、いつしか焦りを覚えていた。

相手が欲得ずくで動く手合いならば、腹を探るのも容易《たやす》い話。

しかし、直孝からは何の欲も感じ取れなかった。

こういうときは、相手の言葉を額面通りに受け取るしかない。

「甲斐守様」

しばしの沈黙を経て、直孝はおもむろに口を開いた。

「畏れながら、躬共《みども》に合力《ごうりき》させてはいただけませぬか」

「合力とな？」

「久留米屋の一件を、こちらに委細お任せ願いたいのでござる」

「それはまた、何故のことか」

「申し上げてもお笑いにはなりませぬか、甲斐守様」

「むろんじゃ。貴殿が冗談を言うとは思えぬ」

「されば、有り体に申し上げましょうぞ」

気負いなく、直孝は言った。

「拐かされし半井半平はかつて北町にて御用を務めし者にござれば、躬共にとっては配下も同然。見殺しにはいたしかねます故、しかるべく手を打ちとう存じます」

「……しかるべくとは、如何《いか》なることか」

「勝手ながら跡部能登守様よりご内諾を得て、蔵前の札差衆に調べの手を入れさせていただいております。高田俊平と申さば、甲斐守様にはお見知りおきかと」

「存じておる。宇野幸内が薫陶《くんとう》せし、生意気な若造であろう」

「左様にございます。その昔の無礼の数々については躬共に免じてお許し願い、甲斐守様が配下の者たちに手出しを控えさせていただきたく……」

「手ならば高田めが先に出しておるぞ。実は今朝がた、登城前に知らせが入った」

「まことにござるか。それはまた、重ね重ね申し訳ない」

「貴殿が詫びるには及ばぬ。あやつらの呆れた行状には、疾《と》うに慣れたわ」

「いやはや、面目なき限りにござる」

悪びれることなく、直孝は微笑んだ。

虫も殺さぬ顔をしていながら、やはり油断のならない男である。

直孝は、耀蔵が幸内と因縁があったのを承知している。

さらに左門にまで幾度となく出し抜かれ、あまつさえ一度ならず鉄拳制裁をされたことも、すでに調べ上げているのだろう。

そうでなければ臆面もなく、越権行為を見逃せと言えるはずもあるまい。

(こやつ、得意なのは朝顔作りだけではないらしい……一芸に秀でる者は万芸に通ずの譬えを体現しておるということか……)

策士の耀蔵をしてそう思わずにいられぬほど、直孝は抜かりがなかった。

この様子では、江川英龍と繋がっていてもおかしくはあるまい。

直孝ほど目が利く男であれば、左門が病と偽って三宅島に渡ったことに気付かずにいるはずがない。上役としては半平を助けに乗り出す前に連れ戻し、厳しく責を問うべきであろう。

にも拘わらず先程から名前すら出さぬのは、すべてを承知ということか。

半平を救出したいのも、あるいは左門のためなのかもしれない——。

黙り込んだ耀蔵をじっと見返し、直孝は最後に言った。

「我ら北町が月番に非ざるのは重々承知なれど。そこを曲げて甲斐守様よりお許しを頂戴いたしたく、伏してお願い申し上ぐる次第にござる」

そう告げるなり、深々と平伏する。

「……面《おもて》を上げられよ、内匠頭殿」

促す耀蔵の声に、かつての冷たさは無い。

自身でも理解しがたいことであった。

五

それからさらに、五日が経った。

「堺屋か……俊平さん、一体どこに目を付けたんだい？」

「出入りの客を調べました。界隈にて聞き込んだところ、今まで見かけたこともない顔ぶれが急に増えたとのことです」

「それだけじゃ、半平さんを拐かした奴らかどうか分かりゃしないだろう。上方訛《かみがたなま》りでもあったんなら、怪しいだろうけどよ」

「伊庭先生、敵も間抜けではありません」

「どういうこった」

「たちどころに見破られるしぐさや身なりをしておれば、先生や山田様のご一門のお手を煩《わずら》わせずとも、疾うに我ら町方がお縄にしております故……」

「そういやそうだな……すまねぇ、馬鹿なことを言っちまったな」

「いえ、滅相もありません」

伊庭道場を訪れた俊平の口調は、いつもと違って折り目正しい。秀業と高弟たちに叩きのめされ、その強さに敬服したが故のことだった。

「それにしても灯台下暗しとは、よく言ったもんだな」

汗にまみれた道着姿で縁側に立ち、秀業はつぶやく。

「堺屋といえば、久留米屋を目の仇にしてるって専《もっぱ》らの噂だ。仁兵衛さんと同じように真っ当な商いをしてるってんなら張り合うのもいいだろうが、やり口は阿漕《あこぎ》と来てやがるから始末に負えねぇ……俺んとこも何かとやり繰りが大変なもんでな、一度は世話になったことがあるんだが、堺屋のあるじの福兵衛ってのは、とことんがめつい野郎だったぜ」

「まことですか、先生」

「冗談で他人様《ひとさま》をくさしたりしねぇよ。あの業突く張りのせいで、うちの道場は危うく人手に渡るところだったんだからな」

「何と……」

「ところで俊平さん、その四角四面な物言いは何とかならないのかい？」

「はぁ」

「尾張様の天守の鯱《しゃちほこ》じゃあるめぇし、そんなにしゃっちょこ張られてたんじゃ、俺も話しにくいやな」

「いえ、それがしはまだまだ未熟者にござれば……」

「こないだのことなら気にしなさんな。お前さんの負けん気の強さは、うちの連中も大いに買ってるみてぇだし、天然理心流を田舎剣術だの何だのって悪く言う奴なんぞは誰もいねぇよ」

「先生」

「片が付いたら、また稽古をしに寄ってくんな。いつでも相手をしてやるからよ」

「かたじけ……いえ、かっちけねぇ」

「それそれ、江戸っ子はそういう物言いでなくっちゃいけねぇよ」

爽やかな笑みを返しながらも、秀業の目は燃えていた。

敵の根城を突き止めたからには一網打尽にし、半平を救い出すのみ。

それが左門に代わって為すべきことだと、固く心に決めていた。

「ところで俊平さん、刃引きを五振りがとこ持ち出せるかね」

「北町の備えを……ということですかい？」

「うちの道場にも形稽古《かたげいこ》用に幾振りか置いてはあるんだが、さむれぇの風上《かざかみ》にも置けねぇ奴らをぶっ叩くのに遣いたくはねぇんでな。勝手を言ってすまねぇが、捕物用のもんだったら俺だけじゃなく、山田の大先生と若先生、お内儀の幸《さち》さんも心置きなく振るえるだろうと思ってな」

「心得やした。すぐに手筈《てはず》を付けやしょう」

「頼んだぜ、俊平さん」

親しげに肩を叩くと、秀業は道場に戻っていく。

すでに門弟たちは退出し、残るは秀業と俊平のみ。

「ちょいとひと汗流していくかい」

「よろしいので、先生？」

「せっかく来てくれたのに、とんぼ返りじゃ勿体《もったい》ねぇだろう」

「かっちけねぇ。一手お願いいたしやす！」

「おいおい、稽古を付けてもらうときぐれぇは言葉遣いも改めな」

苦笑しながら注意する、秀業の顔は明るい。

図らずも出会った有為の若者に、流派こそ違えど先達《せんだつ》の一剣客として、大きな期待を寄せずにはいられなかった。


その日のうちに、俊平は五振りの刃引きを北町奉行所から持ち出した。

斬り捨て御免の火付盗賊改《ひつけとうぞくあらため》とは違って、町奉行所の捕物は可能な限り殺すことなく生け捕りにするのが基本。本身を帯びるのは指揮を執る与力のみで、配下の同心たちは捕物装束に着替える際に自前の大小を置き、代わりに備え付けの刃引き――本身の刃を潰して斬れなくした一振りを、十手ともども携行するのが常だった。

持ち出しを黙認してくれたのは直孝である。

「と、殿――っ！」

「騒々しいぞ真崎。それに奉行と呼べと申したはずだが」

「そ、それどころではありませぬ」

「何事か。はきと申せ」

「た、高田めが刃引きを勝手に持ち出しましたぞ！」

注進に及んだ真崎は、目障りな俊平を今度こそやり込められると奮《ふる》っていた。

しかし、対する直孝は何食わぬ顔。

「その儀ならば大事は無い。儂があやつに指図をしたのだ」

「ま、まことにございますか？」

「近頃は何かと物騒である故な、小者たちを鍛えてやれと命じたのだ」

「あやつらの用いる捕具《とりぐ》は、長物《ながもの》と決まっておりますが……」

「分からぬか。その長物を満足に扱えぬ者が多い故、まずは短き得物《えもの》から慣れさせよと申し付けたのだ。木太刀では自ずと扱いも雑になろうし、さりとて本身を持たせて怪我などさせてしもうてはうまくないからの、間を取って刃引きにさせた」

「さ、されど士分に非ざる者どもに刃引きとは……」

「構うには及ぶまい。捕具の刃引きは二尺に満たぬ長脇差だからの」

「成る程……」

「得心したのであれば下がりおれ。儂は忙しいのだ」

「し、失礼をつかまつりました」

当てが外れた真崎は、恥じた様子で退出していく。

一方の直孝は意に介さず、朝顔の種に呼びかけるのに忙しい。

「いま少しの辛抱ぞ、じきに日の目を拝める故な……」

引き出しの中に語りかける素振りは、杏葉館の号を持つ朝顔作りの名人そのもの。

敵地で救いの手を独り待つ半平に向けての励ましとは、誰も気付きはしなかった。


それから三日後。夜が更けるのを待って、五人の強者は蔵前に出陣した。

何の策もなく、堺屋に殴り込みをかけたわけではない。

逸《はや》る気持ちを抑え、市中に分散して身を潜めていた一味の浪人どもを集めるために用いたのは福兵衛の筆跡をその道の玄人に写し取らせ、作成した偽の文《ふみ》。

礼金とは別に寸志を全員に渡したいと書き添えたのが功を奏し、大義を唱えながらも目先の欲を満たさずにいられぬ浪人どもは、まんまとおびき出されたのだ。

もちろん、何も知らぬ福兵衛と会わせるわけにはいかない。

そこで俊平が利用したのは、町境の木戸。

全員の顔ぶれを押さえた上で番小屋に張り込み、夜陰に乗じて姿を見せた浪人たちが通るたびに送り拍子木を打ったのだ。

身なりも木戸番を装っているので誰も疑わず、本物が縛り上げられて小屋の中に転がされていると気付かぬまま、一人また一人と通過していく。

その先に待っていたのは、山田朝右衛門《あさえもん》吉昌。

「待たれよ」

「何用か？」

「おぬしの行き先はそちらに非ず。伝馬町の土壇場《どたんば》と心得よ」

「うぬっ！」

斬りかかったのを悶絶させたのは片手打ち。

短い刀身も手の内を利かせ、体《たい》を大きくさばくことで十全に真価を発揮する。

吉昌は右手のみで、小指と薬指を利かせて刃引きを振るっていた。

思わぬ手練が待ち伏せていたのに気付き、逃げ出そうとしても間に合わない。

「ヤッ！」

「エイッ」

吉利と幸の夫婦剣が、背中を見せた敵を容赦なく打ち据える。

真っ当な武士との立ち合いにおいては卑怯でも、相手が外道ならば話は違う。

手練の父と夫婦養子の活躍に、浪人どもは為す術もない。

一方の俊平も、後《おく》れを取ってはいなかった。

挑んできたのは、悪党ながら見る目のある浪人。

「うぬ、ただの木戸番ではなかろう」

「何ですかい旦那、あっしはただの番太郎ですぜ」

「その足の運びが怪しいと言うておるのだ。若造のくせに、よほど遣えるらしいの」

「またまた、ご冗談を」

「体の軸も先程からぶれてはおらぬ。臭い芝居を打つのもいい加減にせい」

有無を言わせず、浪人は刀に手を掛けた。

刹那、だっと俊平は近間に踏み入る。

「トー！」

気合いも鋭く、額に打ち込んだのは右の拳。

天然理心流には刀を振るう技だけではなく、体術も含まれている。

鍛え上げた拳の一撃は、屈強な浪人をたちどころに悶絶させて余りある。木戸の陰に隠しておいた刃引きを、わざわざ用いるまでもなかった。

堺屋に乗り込んだのは秀業だった。

「夜分にすまねぇな、福兵衛さん。ちょいと金策を頼みてぇんだが」

「おや、練武館の先生」

「その節はせっかくの申し出を足蹴《あしげ》にしちまってすまなかったなぁ。もう一遍、話をさせちゃもらえねぇかい？」

「はいはい、結構でございますとも」

秀業が一人きりなのを覗き穴から見届けるや、福兵衛はいそいそと板戸を開ける。

これもまた、欲の皮が突っ張っているのに付け込んでの策だった。

「ううっ……」

「馬鹿野郎。おめーなんぞに大事な道場が渡せるかい」

淡々と告げつつ、秀業は太鼓腹に深々とめり込ませた柄頭《つかがしら》を元に戻した。

「敵襲ぞ！」

「出合え、出合え！」

押っ取り刀で駆け付けた佐野と中津を見返す素振りも、秀業は不敵そのもの。

「てめーらにはたっぷり痛い目に遭ってもらうぜ。半平さんのぶんも、な」

「何をぬかすか、慮外者《りよがいもの》めが」

「おいおい、慮外者はそっちだろうが。越前守が身を引いて、ようやくお江戸も落ち着いたのに余計な事を起こそうなんざ、よほどの間抜けじゃなけりゃ考えめぇよ」

怒声を浴びせてくる中津を軽くいなしながらも、目までは笑っていない。

無言で切っ先を向けてくる佐野のことも抜かりなく、足さばきで牽制《けんせい》していた。かかとを浮かせることなく常につま先で土間を踏み、佐野が背後から斬りかからんとするたびに遅滞なく向き直り、機先を制していた。

足の動きに無駄がないのは、それだけ技も熟練している証しである。

秀業が尋常ならざる腕利きであるのを、佐野も中津も痛感せざるを得なかった。

しかし、後に引くわけにはいかない。

背中を向けたとたん、続けざまに斬り伏せられる——。

相手の気迫に圧倒された二人は、得物が刃引きであるのを見抜けずにいた。

「こやつ！」

焦《じ》れた中津が斬りかかってくる。

カーン。

金属音と共に凶刃が受け流され、反動で回転した刀身が中津の肩口を打つ。

「くっ！」

負けじと佐野が繰り出す突きも、すでに見切られていた。

キンッ。

秀業は速やかに体《たい》をさばき、払い落としざまに強烈な足払いを喰らわせていた。

容赦なく胸板を踏みつけられ、佐野は白目を剝いて悶絶する。

「ぐ……」

「何とか留守を守ったぜ、爺さん……」

微笑を浮かべてつぶやきながら、秀業は刃引きを鞘に納める。

店の奉公人たちは、すでに裏口から逃げ去っていた。

日頃から阿漕な商いの手先を務めていたとはいえ、江戸を火の海にする企みにまで加担していたわけではないのだろう。

監禁された半平の世話をそれなりに焼き、簡単ながら怪我の手当てまでしてくれていたのをわざわざ追って引っ捕らえ、俊平に引き渡すには及ぶまい。

「よく生きてたなぁ、お前さん」

「お……おかげさまで……」

「早いとこ元気にならなきゃいけねぇぜ。嵐田の爺さんも直《す》ぐに帰ってくるからな」

励ましながら肩を貸し、秀業は半平を表に連れ出す。

「あー、いい星空じゃねぇかい」

「まことに……」

夜空を見上げて微笑むのに釣られて、半平もむくんだ頰を綻ばせていた。

第六章　裏十手納め

一

泣き笑いの末に和解した日の夜、左門は角馬の小屋に泊まった。

島役人に一言《ひとこと》の断りも入れることなく、黙って陣屋から抜け出したのだ。

韮山代官所から派遣された役人を装っていても、できることには限りがある。

必要以上の接触が禁じられている流人の住まいに、しかも島抜けを企んでいると噂が流され、島役人たちもまさかとは思いながらも疑いを抱く角馬の許《もと》に一泊したいと申し出たところで、もとより許されるはずもなかった。

ならば説得など、試みるだけ無駄なことだ。

そう割り切った左門のために、鉄平と政秀は手を貸す労を厭《いと》わなかった。

陣屋に一旦戻った左門を手伝い、重たい荷物を小屋まで運んでくれたのは政秀。

そして鉄平は島役人から疑われぬように、あるじは疲れて寝てしまったので夕餉は要らないと言って、上手《うま》くごまかしてくれた。

一方、陰で役に立ってくれたのは角馬の弟子子たち。

左門と実の親子であるのを知っても、誰一人として口外しなかったのだ。

もしも口を滑らせていれば親子水入らずでのんびり過ごすどころか、韮山代官所の役人ではないことまで発覚し、左門たちは進退極まっていただろう。

分別のつかぬ幼子にも、その気になれば隠し事はできるもの。

角馬だけではなく左門のことも大事に思っていればこそ、大人びている松吉と竹三は言うに及ばず、ちびの梅太も黙して語らずにいてくれたのだ。

「おかげで助かったぜ。これもお前さんの教えがあってのことだろうよ」

「何ですか父上、それではまるで私が日頃から、子どもらに嘘の付き方を教えておるようではありませぬか」

「ははは、そういう意味じゃねぇよ。嘘も方便《ほうべん》って言うだろうが?」

「物は言いようですね」

「ったく、お前さんは相変わらず堅いなぁ」

息子の堅物ぶりに苦笑しながらも、左門は包丁を動かす手を休めない。

まな板に載っていたのは、旬《しゅん》を迎えた金目鯛《きんめだい》。

鉄平が伊豆村の流人頭の蔵三を懲らしめ、詫びのしるしに贈られたという獲れたての一尾は、その名の如く大きな目ばかりか鱗の一枚一枚に至るまで、ぴかぴか金色に光り輝いている。

「お代官の書状を突き付けても引き下がらねぇから、相撲の勝負を受けて立って閂《かんぬき》で極《き》め倒しにしてやったか……。幕下どまりとはいえ、力士くずれの大男を相手にそこまでやるたぁ鉄の奴、まだまだ衰えちゃいねぇなぁ」

微笑みながら包丁の刃を立てて、鱗を落としていく手際は慣れたもの。

男やもめの暮らしが長かったため、家事はひと通りこなせるのだ。

子どもの頃から承知の上でも、角馬としては気が引ける。

「あの-父上、私も何かお手伝いを」

「いいから、いいから。お前さんは黙って見てなよ」

忙しく働きながら背中越しに答える、左門の声は明るい。

積年のわだかまりが無くなったのだから今こそ心置きなく父親として、息子のために何でもしてやりたい――そう思ってのことだった。

小屋には小さいながらも囲炉裏と台所があり、丁半博奕で身を持ち崩して島送りにされる前は左官をしていた流人が作ってくれたという、竈《かまど》まで備え付けてある。

すでに米は研ぎ上がり、水に浸してあった。

政秀は荷物を届けるついでに水汲みもして、台所の甕を満たしてくれていた。

左門は雑穀を足すことなく、混じりっけなしの銀しゃりを炊くつもりだった。

献立は金目鯛の煮付けと、アシタバの味噌汁。いずれも食材はありふれたものだが島暮らしでは望むべくもない、ご馳走である。

四方を海に囲まれた島では船さえ出せば魚が獲れ、海水を乾燥させて得られる塩も豊富なものの醬油と味噌は貴重なため、船で運んでもらわざるを得ない。

そこで左門は米と麦を大量に持ち込む一方、醬油と味噌を樽に詰めて用意した上に糠床《ぬかどこ》まで持参していた。

激しい嵐の中でも失われずに済んだ醬油と味噌は、半平が角馬のために買い調えてくれた極上品。糠床は『かね鉄』から分けてもらった、五十年物の逸品である。

左門は鱗を落とした金目鯛に隠し包丁を入れ、鍋に仕込んで自在鉤《じざいかぎ》で吊るす。

アシタバは塩ゆでにして水にさらし、あくを抜くのを忘れない。政秀は水仕事用に桶にも水を汲み置いてくれたので、惜しまず使うことができた。

「相変わらずお見事ですな、父上」

「へへっ、まだ腕は落ちちゃいないだろ？」

感心しきりの角馬に笑みを返し、機嫌よく左門は手を動かす。

夕餉の支度は日が暮れるまでに調った。

角馬は銘銘膳代わりの板を床に置き、器と箸を置く。

器はすべて、竹や木を削って拵えたものだった。

全般に物が足りない暮らしを、角馬は創意工夫で補っていた。

島で手に入らぬ紙や筆は左門に送ってほしいと頼んできても、何とかできる範囲であれば手間暇を惜しまず、不恰好ながら丁寧に削って仕上げた碗や皿を、客人用まで日頃から取り揃えていた。

煮付けと味噌汁のいい匂いが漂う中、二人は向き合って座った。

「さぁ、まずは一献と行こうかい」

笑顔で告げつつ、左門が手にしたのは一升徳利。

島に来た日の夜、島役人たちに振る舞った残りである。

鉄平と政秀の晩酌用に取っておいたのを持参したのは、他ならぬ角馬に頼まれたが故のことだった。

酒は角馬にとって父を酩酊させ、母を死に至らしめた憎いもの。

にも拘わらず左門に所望したのは、一献酌み交わしたいと願えばこそ。

図らずも再会することが叶い、積年のわだかまりが無くなった父と仲直りの杯《さかずき》事《ごと》をしたいと申し出たのだ。

「いただきます」

角馬が手にした杯は箸と同様、青竹を割って拵えたものだった。

謹んで酌を受けるや、そっと徳利を持つ。

「どうぞ、父上」

「ありがとよ」

壁代わりの筵の隙間から射し込む夕陽の下、二人は同時に杯を空ける。

父子で酌み交わす酒の味は、まさに甘露《かんろ》であった。

二

満ち足りた気分のままに、夜が更けてゆく。

左門は余熱の残る囲炉裏端で横になり、心地よさげに目を閉じていた。

対面では、角馬が安らかに寝息を立てている。

四季を通じて暖かい三宅島は、夜になっても過ごしやすい。

それでも冬本番となれば冷え込むため、風通しのよすぎる粗末な小屋で暮らす流人たちは火を焚いて暖を取らねばならなかったが、角馬の住まいはまだ造りがしっかりしており、布団を用いず蓙の上で眠っていても凍える恐れはなかった。

腹が満ち、酒も程よく回った父子の気分は穏やかそのもの。

小屋の表も静まり返り、鳥の鳴き声ひとつ聞こえてこない。

と、左門がおもむろに目を開けた。

喝《かっ》と見開いた目を左右に走らせ、耳を澄ませる。

用心のため左脇に置いていた刀をそっと引き寄せ、鯉口を切る。

しかし、抜くまでには至らなかった。

「………」

無言で鯉口を締め、左門は刀を元の位置に戻す。

面長の顔が、汗でびっしょり濡れていた。

角馬は目を覚ますことなく、安心して眠ったままだった。

表では、才蔵が忍び足で小屋から離れていくところであった。

昼間に子どもたちが焚き火をしていた辺りに立ち、中の様子を窺っていたのだ。

左門と違って、こちらは汗ひとつ掻いていない。

それでいて速やかに退散したのは小屋の中に踏み込む寸前、思わぬ手練が角馬の側にいると察知したが故のこと。

せっかく夜陰に乗じて出向いたのに無駄足だったが、敵の正体も判然としないのに挑みかかり、返り討ちにされてしまっては元も子もあるまい。

「……あやつ、用心棒を雇いおったのか。いま島におる流人に、あれほどの腕利きがいるとは聞いておらぬが……」

悔しげにひとりごちたのは山道を下り、流人小屋の前まで戻った後。

今の今まで、逃げ帰るのに懸命だったのだ。

「ううっ……」

さほどの距離を駆けたでもないのに呼吸が荒いのは、向けた殺気を小屋の中の手練――左門によって跳ね返され、気を乱していたが故であった。

踏み込むどころか中を覗くことも叶わず、何者なのかは分からずじまい。

ただ、間違いなく腕は立つ。

あのまま強《し》いて乗り込めば、こちらも無事では済まなかったことだろう。

才蔵は震える手を伸ばし、板戸代わりに入口に垂らした筵をそっと持ち上げる。

一間きりの空間は、整然と片付いていた。

まずは床の隅に置かれた甕から直《じか》に、貪《むさぼ》るように水を飲む。

才蔵も角馬と同じ家持流人なので他の連中とは雑魚寝《ざこね》をせずに済んでいるが、造りは一般の流人小屋と変わらず、土間も付いていなかった。

家持として認められるのは、見届け物が途絶えず送られてくる流人のみ。

才蔵にも今のところ欠かさず届いてはいるものの量は少なく、暮らせるのは手狭で粗末な小屋が精一杯。島の子どもたちの教場を兼ねる角馬の住まいとは比べるべくもなく、狭いばかりか台所も設けられてはいない。

煮炊きはもとより湯を沸かすのもすべて囲炉裏でしなくてはならぬため、いつも手間がかかる上に煙が立ちこめて難儀をさせられる毎日だった。

「あやつさえいなければ俺が島の幼子たちを教え導く任を担い、あの小屋で暮らしておったものを……重ね重ね腹立たしい奴ぞ……」

尽きぬ怒りを込めてつぶやきながら、才蔵は囲炉裏端にあぐらを搔く。

火を熾す前に始めたのは、右手の指をほぐすこと。

硬く強張った五指を撫でさするうちに、手の中から何かが落ちた。

荒筵の上に転がったのは棒手裏剣《ぼうしゅりけん》。

一切の武器を所持することを禁じられ、かつては武士の身分の標章として当たり前に帯びていた大小の刀も取り上げられてしまったため、盗んだ古釘を石で研ぎ、自前で拵えた得物である。

この棒手裏剣を角馬の眉間に打ち込み、引導《いんどう》を渡してやるつもりだったのだ。

もうすぐ船は完成し、才蔵は権六たちと共に島抜けを実行に移す運びとなる。

その前に、角馬には死んでもらわねばならない。

本来ならば、もっと早く決着を付けたいところであった。

島の民から人望を寄せられ、子どもたちにも慕われる様《さま》に歯ぎしりしながらも才蔵が耐えてきたのは、二年越しで進めてきた島抜けの企みがあればこそ。私怨を晴らすことを優先し、計画が台無しになっては元も子もあるまい。

人気者の角馬が不審な死を遂げれば、島役人はもとより島民も老若男女がこぞって調べに手を貸し、何としてでも下手人《げしゅにん》を突き止めようとするはずだ。

万が一にも捕まれば韮山代官所に届けを出すまでもなく死罪に処され、自由の身になれぬまま終わってしまう。

なればこそ密かに山から伐《き》り出させた木を洞窟に運んで乾燥させ、板に加工しては組み立てていく、極秘の作業を軌道に乗せることを優先させたのだ。島での角馬の評判が高まるたびに募る妬心《としん》を抑えてきた甲斐あって、今や船の完成は目前に迫りつつある。

今ならば騒ぎが起きても障りはなく、むしろ島の人々が動揺している隙に島抜けを実行すれば、成功する確率も自ずと上がるというもの。

悪い噂を流したのも角馬の人望を無くしてやり、殺されても同情を寄せられぬようにするための段取りであった。

思ったほどには評判は落ちていないが、当の角馬が命を落とせば噂は真実だったと見なされ、いずれ誰も顧みなくなることだろう。

才蔵にとっては溜飲《りゅういん》が下がるばかりか、島抜けの役にも立つので一石二鳥。

「せいぜい役に立ってもらうぞ、嵐田角馬……」

ひとりごちながら、才蔵は火を熾しにかかる。

埋み火が薪に燃え移り、煙が立ち上る。

才蔵は鉄瓶に水を注ぎ、自在鉤から吊るした。

湯を沸かす支度をしながらも、つぶやきは止まらなかった。

「俺は必ずや小笠原まで辿り着き、異国の船に拾うてもらう……何としてでも荒波を乗り越えて、己が望みのままに生きるのだ……」

金谷才蔵は、ただの浪人ではない。

罪に問われるまでは根来組《ねごろぐみ》の鉄砲同心として、公儀の御用を務めていた身。

先祖は江戸開府後に百人組として将軍家の警固役を仰せつかった忍びの者で、同じ役目に任じられた伊賀衆や甲賀衆から伝来の技が失われて久しいのに対し、才蔵は数々の忍術を鉄砲の扱いともども、亡き父親から厳しく叩き込まれて育った。

少年の頃から蘭学に興味を抱き、海の向こうの異国に尽きぬ憧れを抱いていた才蔵にしてみれば先祖代々の役目など鬱陶《うっとう》しいものでしかなく、課せられる修行も面倒なだけであったが、皮肉にも学問だけでなく忍術も生来の才能に恵まれた才蔵は、家督を継いで御用をこなしながら学問の研鑽に励む一方、いつの日か異国に渡るのを夢見て造船と操船の技術を密かに学び、実践する機が訪れるのを待っていたのである。

もちろん、表沙汰になれば大ごとになるのは承知の上だった。

軽輩の同心とはいえ将軍家直属の百人組の一員が蘭学を好み、事もあろうに国禁を破って海の向こうに行きたがっているのが発覚すれば、示しがつくまい。故に本音を隠し通し、嫌々ながら妻を娶って、後継ぎの男子も儲けたのだ。

才蔵の偽装は完璧であり、かの蛮社《ばんしゃ》の獄《ごく》を断行した鳥居耀蔵も気付かずじまい。

そんな才蔵が三宅島送りにされたのは、無能なくせに武芸の腕自慢をしたがる上役の与力に難癖を付けられ、刀まで向けられたためにやむなく応じて、重傷を負わせてしまったのが原因。やむを得ぬことだったと情状酌量され、切腹を免れて遠島の裁きを受けたのである。

身内にとっては嘆かわしい限りでも、当人にとっては思わぬ好機の到来だった。三宅島から更に南へ下って小笠原諸島まで行けば、周辺の海域に多く出没する異国の捕鯨船と遭遇できる可能性が高いからである。

近海で機会を待つばかりでは埒《らち》が明かず、ましてや軽輩とはいえ幕臣のまま出奔《しゅっぽん》して海を渡ることなど無理な相談だが、流人となれば何の遠慮も要らない。

さすがに家まで取り潰されれば先祖に申し訳が立たないところであったが、家名を断絶されたのは上役の与力のみ。金谷家は一人息子に後を継がせることで存続を認められたので大事はなかった。

学問好きにまったく理解を示さぬ妻と生意気なばかりの息子に対して、才蔵は何の未練も抱いていない。思いがけずも訪れた好機に乗じて江戸から離れ、日の本からもおさらばできる期待に胸を膨らませ、流人船に乗り込んだものだった。

そんな才蔵と同じ船で三宅島送りにされたのが、大塩一味の残党に加わった咎で捕まり、本来ならば死罪に処されるところを罪一等を減じられた角馬だったのだ。

初めて顔を合わせたときから気に食わない、小賢《こざか》しい若造であった。

更に才蔵を苛立たせたのは島で暮らし始めて早々に角馬ばかりが人望を集め、島の子どもたちに読み書きまで教え始めたこと。

武芸はもとより学問においても、引けを取らぬどころか上をいっているはず。にも拘わらず才蔵には誰も近付かず、教えを乞うどころか敬遠されるばかりだった。

角馬が本当に小賢しいだけの若造であれば、同様の扱いを受けていただろう。

しかし、角馬には人を教え導く才がある。

幕臣として将軍家の役に立つことはできなくても、島暮らしの人々にとっては無二の素材となって久しい。

そんなところも、人望の薄い才蔵にとっては腹立たしい限りだった。

他人に好かれぬ質《たち》なのは、昔から承知している。

手を組んだ権六と配下の流人たちの目的が島抜けのみで、才蔵の造船の知識を利用したいだけなのも、最初から見抜いていた。

小賢しい限りであったが、今はまだ手を切れない。

島抜けして小笠原に辿り着くまで、船を動かし続けるには人手が要る。気に食わなくても従わせ、役に立ってもらわねばなるまい。頭《かしら》の権六さえ黙らせれば、後の連中は烏合《うごう》の衆《しゅう》。腕に覚えの手裏剣術で島を離れて早々に仕留めるつもりだった。

「どいつもこいつも、今に見ておれ……」

煙で目をしばたたかせつつ、才蔵は鉄瓶を自在鉤から降ろした。

鉄鍋で炊いたまま残しておいた、冷えきった糅飯《かてめし》を椀によそって湯を注ぐ。

味も素っ気もない食事も、生き抜くためには摂らねばならない。

すべては少年の頃からの、尽きぬ夢を叶えるためであった。

三

翌朝の左門は、目が赤かった。

冷たい水で顔を洗っても、ぼーっとしたままでいる。

「何とされましたのか、父上?」

怪訝そうに問う角馬は、何も気付いていないらしい。

（やれやれ、知らぬは当人ばかりなり……か）

手ぬぐいで顔を拭きながら、胸の内でぼやく。

刺客の襲撃に備えて不寝番をしていたと言ったところで、角馬は信じまい。

幼い頃から人を疑うことを知らず、周囲から悪く思われていても気付かぬところがあるからだ。故に足が不自由でも気後れせず、学問所通いに励むこともできたのだが相手が命を狙っているとあっては、放ってはおけまい。

顔を洗っている間に、角馬は朝餉の支度をしてくれていた。

自在鉤に吊るした鉄鍋でふつふつと煮えていたのは、昨夜の残りの冷や飯で拵えた雑炊。立ち上る味噌の香りが心地いい。

「父上、どうぞお召し上がりくだされ」

「すまねぇな」

湯気の立つ椀を受け取ると、左門はさりげなく問いかけた。

「お前さん、誰からか恨みを買っちゃいねぇかい」

「は？」

「命を狙われる覚えはないのかってことだよ」

「はて……一向に思い当たりませぬが」

「ほんとかい」

左門は重ねて問いかける。

「知らない間に他人様《ひとさま》の恨みを買うってことは、世間にゃよくあることだ。お前さんが思っているほど、人は殊勝なもんじゃやねぇからな」

「はぁ……」

杓文字《しゃもじ》を手にしたまま、角馬は戸惑うばかり。

とぼけているわけではなく、本気で思い当たらぬらしい。

「お前さん、よくそれで今日まで生きて来られたもんだなぁ」

左門は呆れながらも、叱り付けようとまではしなかった。

血を分けた父と息子であっても、左門と角馬はまったく似ていない。

顔形はもとより、気性も物の考え方も違うのだ。

それが災いして不幸な目に遭っていれば親として見過ごせぬし、徹底して鍛え直す必要があるというもの。

だが、角馬の場合は違う。

ただのお人よしではなく、不思議な威厳と人徳があるからだ。

故に島送りにされても周囲から庇護を受け、他の流人たちの嫉妬や暴力から免れることができたのだろう。

しかし、命まで狙われるとは尋常ではあるまい。

側にいられるうちに刺客の正体を突き止め、しかるべく手を打ちたい。

父親として、それは当然の感情だった。


雑炊を平らげた左門は、一刻(約二時間)ほど眠った。

夜が明けては敵も自在に動けまいし、これから角馬の弟子子が集まってくれば尚のこと、迂闊な真似はできぬはず。

左様に判じて、引き揚げる前に休息を取ったのである。

そんな左門の目を覚ましたのは、子どもたちの無邪気な声。

「わーい!」

「きゃーっ」

歓声を上げながら興じていたのは、相撲の真似事。

相手をしてやっているのは鉄平だった。

「来てたのかい、鉄……」

「お早うございやす、旦那ぁ」

小屋から出てきた左門に笑みを返しながらも、松吉と竹三をまとめて相手取る体のさばきは余裕綽々。

政秀も行司をしながら、梅太を肩に乗せて微笑んでいた。

しばしの後、左門は小屋の表で二人に昨夜の顚末《てんまつ》を明かした。

相撲を取り終えるのを待って角馬が子どもたちを集合させ、手習いを始めさせた後のことだった。

判じた通り、小屋の周囲に不審な者の姿は見当たらない。鉄平と政秀も左門を迎えに来た道すがら、出くわしたのは松吉たちだけとのことである。

「ふむ……嵐田殿に冷や汗を掻かせるとは、凡百《ぼんぴやく》の遣い手ではあるまいな」

「そいつぁただ者じゃありやせんね。しかも角馬さんを狙うなんざ、そこらの流人の仕業じゃねぇでしょう。万が一のことがあったら、何より大事なお裾分けに与《あずか》れなくなっちまうんですからね」

口々に述べる政秀と鉄平は、二人揃って深刻な面持ちだった。

ようやく左門と角馬が和解するに至り、親子水入らずで過ごした夜に刺客が現れるとは遺憾な限り。しかも手練の左門が動揺を覚えるほどの強者と聞かされては、危惧するのも当然であった。

「やっぱり、お前たちもそう思うかい」

左門は続けて言った。

「あれはそこらの剣術遣いとはちょいと違う、譬《たと》えるんなら忍びの者みてぇな雰囲気だったぜ」

「忍びの者、ですかい⁉」

「しーっ。声が大きいぞ、とっつあん」

政秀が慌てて鉄平の口を塞ぐ。

梅太が筆を動かすのもそっちのけで、にこにこしながらこちらを見ていることに気付いたのだ。

「す、すまねぇ……」

ふがふがしながら、鉄平は政秀の手を除ける。

「それにしても困ったものだな、嵐田殿」

声を潜めて政秀は言った。

「もとより角馬殿を放ってはおけぬが、例の不審な動きも気に懸かる……流人だけでなく島の民も関わっておるとなれば、尚のことぞ」

「もちろんさね。何しろ、もう十日を切っちまったんだからな」

「この島にいられるのも九日限り……後が無いな、嵐田殿」

「ここは手分けをするしかねぇでしょう、旦那ぁ」

鉄平が小声で告げてきた。

「角馬さんの用心棒は今日から順繰りにするとして、調べのほうは残りの二人で付けたらいいじゃありやせんか」

「それじゃ手が足りないって政の字は言ってんだよ、鉄」

左門は穏やかに説き聞かせた。

「倅のことを心配してくれるのは有難いこったが、いつまでも俺の我が儘に付き合わせるわけにはいかねぇよ。おかげさんで仲直りもできたこったし、これより先は影の御用を果たすほうに力を入れなくちゃ、お代官にも申し訳が立たねぇしな」

「ほんとにそれでいいんですかい？」

「角馬だってガキじゃねぇんだ。手前の身ぐれぇ護れるだろうよ」

決意も固く鉄平に告げると、左門は続けて言った。

「まずは海に漕ぎ出して、洞窟ん中を確かめてみようじゃねぇか。船頭の手配は付いてるんだろう」

「そのことなのだがな、嵐田殿……」

言いにくそうにしながらも、口を挟んだのは政秀。

「とっつあんが口説き落とした吾作が、何者かに腕の骨を折られてしもうたのだ」

「どういうこったい、政？」

「夜が明けて早々に伊豆村より陣屋に届けがあったのだ。寝込みを襲われたそうだがもとより独り暮らしである故、その場を見た者は誰もおらぬ……」

沈痛な面持ちの政秀に続き、鉄平が言った。

「こちらへ伺う前にちょいと見舞って参りやしたが、可哀そうにこっぴどくやられておりやしたよ。足腰も痛めちまって、立つのもままならねぇ有り様でござんした」

「……困ったな、そいつぁ」

左門は顔を顰《しか》めずにはいられなかった。

かねてより目を付けていた洞窟は険しい断崖の下にあり、吹き付ける風も強いので縄を下ろして伝い降りることは無理なこと。そこで腕のいい漕ぎ手である吾作に船を出してもらって乗り込むつもりだったのだが、歩けぬほどの重傷を負わされたのではどうにもなるまい。

そうは言っても左門たちが自力で荒波を乗り越えて、船を近付けるのは難しい。

まして泳いでいくなど、以ての外である。

それにしても、吾作は誰に襲われたのか。

人畜無害な男が意味もなく、しかも足腰が立たぬほど痛め付けられるはずがない。

鉄平の話によると、伊豆村の流人たちは関わりないとのことだった。

「あっしも始めはあいつらの仕業に違いあるめぇと疑いやしてね、政の字と二人して朝駆けで流人小屋に乗り込んで、昨日に続いてこっぴどく締め上げてやったんですが頭の蔵三はもちろん、手下の又八たちも知らぬ存ぜぬの一点張りで、幾ら凄みを効かせてやっても震え上がるばかりでござんした」

「左様……。あやつらが偽りを申しておるとは思えぬ」

政秀がぼそりと言った。

「それがしが判じるに、吾作を襲うたのは侍であろう」

「さむれぇだって」

左門は怪訝そうに問い返す。

「どうしてそう思うんだい、政の字？」

「吾作の腕を砕いたのは、狙い澄まして打ち込んだ木太刀《きだち》だ。それも素人《しろうと》が力任せに叩き付けたのではなく、きちんと手の内を利かせておる。昔取った杵柄《きねづか》で剛力自慢の蔵三ならば得物など用いることなく、さば折りにいたすはずだ」

「その通りでさ、旦那」

鉄平も確信を込めて言い添えた。

「手下の連中も相撲の四十八手だったら蔵三にいろいろ仕込まれておりやすが、剣術《ヤットウ》を心得ている奴なんぞはおりやせん。念のために掌を調べて参りやしたが、竹刀胼胝《だこ》のある奴は一人もいませんでした」

「とっつあんの申す通りぞ、嵐田殿」

政秀が頷いた。

「これは夜陰に乗じて抜け出した、他の村の流人の仕業に違いあるまい。動かぬ手証こそ未だつかめておらぬが、疑わしき浪人あがりの者ならば幾人もおる……我らの膝元の伊ヶ谷村にも一人、不審な輩がいるだろう」

「お代官が名指ししていなすった、金谷才蔵のことかい」

「うむ。島では気難しいばかりの男と思われておるが、あやつはかなりの遣い手ぞ」

「どうして分かるんだい、政の字?」

「この島に来たばかりの頃に挨拶をしに参ったを装うて、小屋を覗いたことがあってな……たちどころに向き直り、それがしを睨み付けて参った」

「それだけじゃ、腕利きとは言いきれねぇだろう」

「それがな嵐田殿、あやつは妙な動きをしおったのだ」

「妙な動きだって？」

「懐に手を差し入れ、何か抜き打とうとしたのだ。あやつは飛剣《ひけん》の術を心得ておるに相違あるまい」

「こいつぁ政の字の思い過ごしじゃありやせんぜ」

鉄平が口を挟んだ。

「気になって陣屋で調べてみたら、ご先祖は根来の忍びだそうですぜ」

「忍び？」

「上様を御護りする、百人組の同心でさ」

「百人組で根来といえば、一番年季の入った連中だったな……」

ふと思い出した様子で、左門は言った。

「たしか上役を半殺しにしちまって、三宅島に送られた奴がいたな。ちょうど角馬のことがあったのと、同じ頃のはずだぜ」

「その通りでさ。二年前に、同じ船でこちらに来ておりやした」

「あれが金谷だったのかい……まるで気が付かなかったぜ」

「仕方ありやせんよ。あのときは角馬さんにかかりきりだったんですから……それに旦那、金谷は剣術も相当遣えるみたいでござんすよ」

「うむ、たしかに体のさばきも錬れておった。歳は四十だそうだが、あれなら若い者にも引けを取るまいよ」

鉄平の言葉を裏付けるかの如く、政秀はつぶやく。

「ほんとかい」

左門が驚いた声を上げた。

政秀は左門が見込んだほどの手練である。

思わず念を押したのも、無理はなかった。

「お前さんでも太刀打ちするのは難しいってのかい、政の字？」

「まず五分五分といったところだが、手裏剣を持ち出されると危ういな。こちらも鎧通しを投げ打って機先を制し、跳びかかるより他にあるまいが、あやつが刀を帯びておれば抜き打ちに斬られてしまうであろう。できることならば、やり合いとうはない手合いだな」

「そうかい……」

左門は腕を組んで考え込んだ。

金谷才蔵がそれほどの手練であるとは、迂闊にも見抜けていなかった。

しかし、江川英龍の指摘は間違っていなかったらしい。

百人組の鉄砲同心でありながら密かに蘭学を志向して止まず、しかも腕が立つので
あれば、考えることはひとつしかあるまい。

「島抜けを企ててやがるのは金谷……か」

「左様に判じれば、吾作を襲うたのも合点がいくというものぞ」

政秀は深々と頷いた。

一方の鉄平は、まだ角馬のことが気がかりな様子であった。

「まさか角馬さんを狙ったのも、金谷の野郎なんじゃねぇでしょうね……」

「お前さんがたの話を聞かせてもらったら、俺にもそう思えてきたよ」

二人を見返し、左門は言った。

「昨夜来た野郎は裏の稼業人だった頃の政の字にも劣らねぇ、鋭え殺気を俺に向けて
きやがった……あれが金谷だとしたら、相当な手練だぜ」

「だったら余計に、角馬さんを放っちゃおけねぇでしょう?」

鉄平が狼狽《うろた》えたのも、無理はない。

命を狙われているのを放置して、もしも取り返しの付かぬことになってしまったら

幾ら悔いたところで後の祭り。才蔵に動機が無く、当の角馬も警戒をしていないから
と言って見過ごすわけにはいくまい——。

「やっぱり手分けをするとしやしょうぜ、旦那ぁ」

鉄平は重ねて左門に訴えかける。

と、そこに歩み寄ってくる足音が聞こえてきた。

「わっ！」

大声を上げざまに、政秀に跳びついたのは梅太。

松吉は左門に、竹三は鉄平にそれぞれまとわりついている。

左門たちが話し込んでいる間に手習いは終わり、中食代わりに芋を蒸《ふ》かして食べる
時分になっていたのだ。

「きょうもわけてあげるからな、じいちゃん」

「だからまだかえっちゃだめだよ」

松吉と竹三は、抜かりなく念を押してくる。

「そ、そうかい」

「す、すまねぇなぁ、お前たち」

「ははは、どうしちゃったのさ！」

ぎこちなく礼を述べる左門と鉄平を、梅太が笑い飛ばす。

いつの間にか政秀に肩車をしてもらっており、高みから見下ろされていた。

「ひとまず馳走《ごち》になりやすかい、旦那ぁ」

「そうだなぁ、鉄」

左門と鉄平は笑みを交わし合う。

幼子の無邪気な振る舞いに、緊張もほぐれていた。

四

太陽は西に傾いていた。

「じいちゃんたち、またねー！」

「ああ、気を付けて帰るんだぜ」

嬉々として家路に就く子どもたちを見送ると、左門は小屋に戻っていく。

「やれやれ、ちびどもが元気がいいのはどこでも同じだなぁ」

心なしかくたびれていたのも、無理はない。

手習いを終えてもなかなか帰ろうとせず、まとわりつかれていたからである。

その間に鉄平と政秀は角馬と向き合い、事の一部始終を語り終えていた。

親の口から言いにくいことも、他人であれば話せるからだ。

仲間の二人を信じて任せた甲斐あって、角馬は冷静に受け止めてくれたらしい。

「ご心配をおかけして申し訳ありませぬ、父上」

囲炉裏端に座った左門に向き直り、頭を下げる様は常にも増して真剣そのもの。

語る口調からも、いつもの甘さは失せていた。

「鉄平さんと中山殿のお話から察するに、すべては金谷殿の仕業と見なして間違いはございますまい……洞窟にて成しておるのは十中八九、船造りにございましょう」

「お前さんも、そう思うのかい」

「実はかねてより、気になっておりました故」

「どういうこったい、そいつぁ」

「父上は井上正鉄《いのうえまさかね》殿をご存じですか」

「今年になって三宅島送りにされた学者先生のこったろう。同じ伊ヶ谷村にいなさるから、挨拶はさせてもらったぜ」

「私は井上殿に所望され、この辺りを案内《あない》つかまつったことがあるのです」

「学者先生が山歩きをしたがるたぁ、稀有《けぶ》（奇妙）なこったな」

「気晴らしだったんじゃねぇですか、旦那ぁ」

「そうではありません。井上殿は水源を探しておいででした」

「水源だって？」

「この島の水不足を案じられてのことです。流人が連れ立って歩くことはもとより禁じられておりますが、その折は島役人も見逃してくれました」

「そうだったのかい。ただの風変わりなお人じゃねぇんだな……」

納得した様子でつぶやく左門に、角馬は言った。

「その折に、妙な切り株が目に付いたのです」

「切り株が一体どうしたんだい」

「父上もお察しの通り、この島は土地が大層狭いが故に流人小屋を増やすこともままならぬ有り様です。その他の建物も事情は同じで、材木が必要とされる折など滅多に無いはず……にも拘わらず何者かが勝手に木を伐り出し、その行方は杳として知れぬのです。奇妙なことと思われませぬか」

「お前さんと先生は、そのことを陣屋に知らせたのかい？」

「いえ」

「どうしてだい。そいつぁ誰かが隠れて船を造ってる、動かぬ手証じゃねぇか」

「その企みに島役人も関与しておるならば、何としますか」

「えっ……」

「島に来られたばかりの井上殿は父上の如く憤り、すぐさま訴え出ねばと仰せにならされました。したが、もしも流人と島役人が結託しておるとすればどうなります。下手をいたさば私も井上殿も闇から闇に葬られ、死人に口なしとされておったのやもしれませぬ」

語る角馬の口調は淡々としていた。

すでに察しが付いていながら左門はもとより、誰にも明かしていなかったのだ。

それは船を造る目的が島抜けではなく、他にあると見なしたが故のことだった。

「もとより島役人は流人を監督し、軽挙妄動を未然に防ぐがお役目。事もあろうに船造りに加担するからには、しかるべき理由があるはず。そこで私はひとつ思い当たりました」

「何だい、そいつぁ」

「抜け荷にござる」

「抜け荷？」

「鉄砲洲の島会所に任せておるばかりでは、一向に埒が明きませせぬ故」

つぶやく口調は、先程までより語気が強い。

すでに左門は三宅島に渡るに至った経緯について、角馬に明かしていたからだ。

伊豆七島の特産品を預かりながら真面目に専売するどころか、中抜きをして私腹を肥やして止まぬ、汚い連中への怒りを言葉に滲ませずにはいられないのだ。

それは角馬が士分の立場から離れ、島の民に共感していればこそのことだった。

「島役人たちは御公儀が当てにならぬとまで思うてはおりますまい。ただ、このまま割に合わぬ特産品の供出を続けるばかりでは、島の民の不満は募るばかり……そこで窮余の一策として、自ら売りに出向かんと決断したのでございましょう」

「……だからって、流人と手を組むことはねぇだろうが？」

「それだけ切羽詰まっておるのです。どうか皆の胸中を察してくだされ」

「………」

角馬の言葉に、左門は沈黙せざるを得なかった。

鉄平と政秀も口を挟めず、黙り込んでいる。

井上正鉄も状況を理解し、今後は島民の教導に努《つと》めると同時に、諸悪の根源である水不足を解消するために尽力すると角馬に約束してくれたという。

だが、左門は見逃すわけにはいかなかった。

「お前の言ってることはたしかに分かるぜ、角馬……しかしな、幾ら食うに困ってるからって、天下の御法を破っていいわけじゃねぇだろうよ」

「したが父上、それは御上が余りにも！」

「黙って聞きな。俺は父親《てておや》である前に役人として物を言っているのだぜ」

抗《あらが》うことを許さずに、左門は続けて説いた。

「畏れながら上様が伊豆の島々を流刑先と定めなすったせいで、地元の衆が難儀していることは、もとより俺も承知の上さね。どうして自分たちばかりこんな目に遭うんだって、不満に思うのも無理はあるめぇ。だけどな角馬、今の天下が何とか平らかに治まってんのは、徳川様が戦を無くしてくださったからなのだぜ」

「……その天下に、綻びが生じておるのをご存じないのですか？」

角馬は負けじと口を挟む。

「へっ、若造が利いた風なことをぬかすんじゃねぇよ」

もはや動じることもなく、左門は伝法に言い放った。

「そんなのはお前に言われるまでもねぇこった。たしかに鎌倉の昔から、武家の天下が長続きをした例《ためし》はありゃしねぇ……足利様だって形だけは十五代だが、応仁《おうにん》の乱が起きてからは威光もなくなり、下剋上《げこくじょう》を百年がとこ許してたんだからな」

「されば、徳川の天下も長くは続きますまい」

「馬鹿野郎、滅びることを今から考えてどうするんでぇ！」

告げると同時に、ぶんと左門は右腕を振るった。

張り飛ばされた角馬の体が、たちどころに吹っ飛んだ。

とっさに政秀が支えなければ、囲炉裏に転げ落ちるところであった。

「嵐田殿っ」

「うるせぇ、黙ってろい」

諫めるのにも聞く耳を持たず、左門は角馬に言い放つ。

「お前に今さら、武士道がどうのこうのと説く気はねぇよ。だけどな、筋道ってもんを違えて何をやったところで長続きしないってことだけは、よっく覚えときな」

「父上……」

「金谷才蔵のことなら安心しな。二度とお前に刃なんぞを向けねぇように、俺が始末を付けてやらぁな。役人である前に、父親として……な」

告げると同時に、ずいと左門は立ち上がる。

鉄平と政秀も、黙って後に続く。

「お待ちくだされ」

呼び止めながら、すっと角馬は腰を上げる。

張り飛ばされたときの愕然とした面持ちは失せ、言葉も態度も揺るぎなく、意を決したものであった。

部屋の隅に駆けて行き、戻ったときに手にしていたのは一振りの長脇差。

娑婆《しゃば》では渡世人に限らず、堅気《かたぎ》の町人も道中での護身用に携帯して差し支えのない代物《しろもの》であるが、流人が所持するのはもちろん御法度である。

一体、どこでこんなものを手に入れたのか。

「お、お前……」

左門が思わず怒りを忘れ、動揺したのも無理はない。

「か、角馬さん!?」

「お、おぬし……」

慌てた声を上げる鉄平と政秀に、何食わぬ顔で角馬は告げる。

「ご安心くだされ。村芝居の小道具にござる」

「ということは、竹光なのか」

「さささらになって捨てられておったのを拾うて直し、手元に置いておいたのです」

「左様か……」

作法通りに峰を向けて差し出されたのを受け取り、政秀は鯉口を切った。

露わになったのは、ありふれた竹光ではなかった。

「これは竹……なのか？」

「文字通りの光る竹でござろう」

政秀は微かに笑って答える。

芝居の小道具に使われる竹光はその名の通りの竹に限らず、板を刀身の形にした上で卵の白身を糊代わりにして銀箔を貼り付け、本身らしく見せかける。

しかし、角馬が披露したのは違う。

「ううむ、これは見事ぞ……」

「大したもんでござんすねぇ」

政秀ばかりか鉄平まで、思わず見入ったのも無理はない。

角馬は剝き出しの竹を丹念に磨いて研ぎ、刃の如く鋭利に仕上げていたのだ。

「この一振りを得物と為します故、どうか私にも合力をさせてくだされ」

「な、何をぬかしやがる⁉」

見事な刀身から、左門は慌てて視線を離す。

「お前さんは流人なのだぜ。こんなもんを持ち出して騒ぎなんぞを起こしたら、それこそ無事じゃ済まねぇだろうが」

「島の衆の目を覚ますことが叶うのならば、命を惜しみはいたしませぬ」

「角馬、お前……」

「思えば私も妄動に及びかけたところを父上と皆様のご尽力によって救われ、死罪に処されるところを救われし身にござる。故にこたびは己自身が力を尽くし、救える命を救うてやりたいのです」

「………」

「ご案じ召さるな。これでも私は山田の若先生に鍛えていただき、少しは腕に覚えがあるのですぞ」

ふっと微笑み、角馬は竹光と鞘を手に取った。

鞘に納めた上で、おもむろに抜き打つ。

狙い澄まして切り裂いたのは、入り口に吊るした筵。

横一文字に断たれた筵が落ちる様を、左門たちは唖然と見つめる。

「お仲間に加えてくださいますな、父上」

問いかける角馬の態度は堂々たるもの。

優しい島の先生から一転し、凛々《りり》しい男の顔になっていた。

五

事が動いたのは、それから六日後の夜更けのことだった。

「ねぇ、女に恥を掻かせないでおくれな」

「ここではまずい……年寄りが目を覚ます故な」

陣屋に忍んできたお浜を、政秀は庭に連れ出した。

「きゃっ、恥ずかしい」

「ははは、よいではないか」

軽々と抱き上げて向かった先は、樹齢が三百年近い柏槇《びゃくしん》の巨木の下。

「嫌だ、こんなところでするつもりなのかい？」

「馬鹿を申すな。男ならば誰もが皆、おぬしの色香に迷うわけではないのだぞ」

じろりと見返す政秀に、いつもの恥ずかしげな様子は無い。才蔵と権六の繋がりに加え、お浜が一枚嚙んでいることもすでに突き止めていたのである。

「お前さん、一体……」

「おぬしに案内を頼みたいのだ」

「そろそろ船出をいたすのであろう。おぬしがかねてよりいそいそと支度をしておることは承知の上ぞ」

告げると同時に、政秀はお浜を下に降ろす。

「ひっ」

弾みで背後の幹によりかかったとたん、大きな手が耳をかすめて突き出される。

どんと幹を突いたとたん、頭上の枝がざわっと揺れた。

「江戸に憧れる気持ちは分からぬでもないが、住めば都と申すであろう……悪しき輩の口車になど乗ったところで、碌な結末にはなるまいぞ」

「ど、どういうことさ……」

「貧乏暮らしをしておる俺は承知の上だが、江戸は華やかなばかりに非ず。おぬしのような世間知らずがひとたび足を踏み入れれば、たちまち女を売り買いする輩に目を付けられて骨までしゃぶられるがオチだ」

「そ、そんな男ぐらい、あたしなら手玉に取ってやるよっ!」

「誰でも始めはそう言うものだ……したが、勝手に借用証文を用意されればどうにもなるまい」

「あ、案内だって」

「えっ」

「人を騙す手合いは才が長《た》けておるものぞ。力ずくで事を為すばかりでなく、天下の御法というものを抜かりのう利用するのだ。幾らおぬしが気丈であろうと島役人のお歴々には逆らえまい。その身を江戸にて売り物買い物にされる運びとなれば、御公儀の役人がおぬしを意のままにさせぬのだぞ」

「そ、そんな……」

「とくと思案するがいい。死に果てるまで身売りを強いられ、無縁仏になりたくなくば……な」

脅える顔をじっと見返し、圧《お》しを利かせる口調は厳しい。

態度そのものに容赦はなくとも、先のある身を案じてのことだった。

お浜を糸口にすればいいと左門たちに提案したのは、政秀自身。

まだ吾作が動けずに船で洞窟に乗り込むことが難しいのであれば、合流するところを待ち伏せて、一網打尽にすればいい。

それにお浜に案内をさせれば、罪を帳消しにしてやる理由ができる。芝居であっても示された好意に対する、せめてもの返礼のつもりだった。

いつの間にか、左門と鉄平も姿を見せていた。

「おい政の字、気を失っちまってるじゃねぇか」

「お前さん、脅しが過ぎたんじゃねぇのかい？」

口々に言いながら、失神したお浜の肩を支えて歩き出す。

政秀も黙ったまま、後に続く。

三人はもとより承知していた。

悪しき企みに加担した島の民は、みんな根っからの悪《わる》ではない。

ただ貧しさに負け、外道どもの誘惑に乗ってしまっただけなのだ。

真に成敗すべきは扇動していた才蔵と権六、そして配下の流人のみ。

悪しき道に誘い込む輩さえ滅すれば、島の平穏は保たれるはずだった。


それから一刻（約二時間）ほどが過ぎた頃。

「一体どうしたってんだ、お浜の奴……」

「これより先は待てぬ。潮の流れが変わってしもうては後の祭りぞ」

「おいおい、置いていけってのかい？」

「致し方あるまい。おなご一人にこだわりて、事を台無しにしたくはあるまい」

「てめぇ、それとこれとは話が別だろうが！」

いるのである。

「何を申すか。未練であるぞ」

砂浜で地団駄を踏む権六に説き聞かせる、才蔵の口調はあくまで冷たい。

最初からお浜のことなど、物の数とも思っていないのだ。

どのみち船出したら早々に権六を始末して、騒げばお浜にも後を追わせるつもりでいるのである。

女に執着して目的を見失うようでは、大義など為せはしない——。

と、そこに淡々と語りかける声が聞こえてきた。

「船も出さぬうちに仲間割れですか、金谷殿」

「お、おぬしは嵐田角馬……」

「て、てめぇ、一体どこに雲隠れしてやがった！」

才蔵と権六が口々に問いかける。

六日前から角馬は姿を消し、教場を兼ねた小屋はもぬけの殻になっていたからだ。

左門が陣屋の島役人を説得し、匿っていたのである。

松吉ら弟子たちにも因果を含め、騒がぬようにさせていたので大事はない。

そして才蔵は討つ相手を見失い、さりとて迂闊に探し回って島の人々から不審がられるわけにもいかずに、ずっと悶々としていたのだった。

いずれにせよ、生かしておくわけにはいかない。

「往生せい、嵐田っ」

告げると同時に、しゃっと才蔵は棒手裏剣を打った。

刹那、角馬の竹光が抜き放たれる。

ピシッ……

手練の飛剣を弾いた代わりに、竹光は音を立てて砕けた。

しかし、角馬は慌てない。

「野郎っ」

「くたばりやがれ！」

権六の手下が襲いかかっても動じることなく、鞘に納めた竹光の鍔元を握る。

眉間を目がけて繰り出したのは、柄頭の一撃。

反転させて鐺《こじり》を突き入れ、みぞおちに当て身を喰らわせる。

二人の悪党は物も言わずに崩れ落ちた。

「いかがですか、父上」

「大したもんだ。山田の若先生にお礼を言わなくっちゃなぁ」

角馬の呼びかけに答えながら、ずいと左門が姿を見せる。

鉄平に続き、政秀も諸肌を脱いだ勇姿を見せた。

すでにお浜は島役人に引き渡し、穏便な処置をするように念を押してある。

後は悪しき輩をまとめて捕らえ、しかるべく裁きを受けさせるのみ。

「行くぜぇ、お前たち」

「合点でさ、旦那」

「承知……」

頼もしく答える二人を従え、左門は声高らかに言い放つ。

「観念しやがれ、てめーたち！　野々山右門こと嵐田左門が華のお江戸からわざわざふん縛りに来てやったんだ。とっとと汚え雁首揃えて、神妙にしやがれい!!」

握った十手は朱房の銀流しではなく、鉄人流の仕込み十手。

悪しき者どもを裏で裁いて表に晒す「北町の虎」の裏十手であった。

終章　老虎の笑顔

時化《しけ》に見舞われることもなく、順調に三宅島を離れて四日目。

「おっ、富士のお山が見えてきたぜぇ！」

「うむ……」

潮風を心地よさげに受けながら、鉄平も政秀も感無量。

一方で、左門はある決意を固めていた。

「旦那ぁ。やっぱり、お気持ちは変わらねぇんですかい？」

控えめに問いかける、鉄平の口調は切《せつ》ない。

傍らに立った政秀は空を見上げ、飛び交う鷗《かもめ》を眺めている。

わざと目を合わせずにいながらも、精悍な横顔は憂いを帯びていた。

出来ることなら今後とも、ひとかどの男と見込んだ左門と共にやっていきたい。

しかし、それはもはや叶わぬ願いであった。

「すまねぇな、おめーたち……せっかく命拾いをしたのに馬鹿なことを考えやがると思うだろうが、どうか俺の好きにさせてくんねぇ」

申し訳なさげに告げながらも、左門の心に迷いはなかった。


再び島に渡り、角馬と共に暮らしたい——。

帰参して早々の嘆願を、鍋島直孝は聞き入れた。

「おぬしがひとたび言い出したからには、幾ら止めたところで無駄であろう……差し許す故、好きにいたせ」

「ありがとうございやす、お奉行」

「ふっ……礼ならば左衛門《さえもんのじよう》尉殿と太郎左衛門殿に申すがいい」

左門の願いが叶ったのは、遠山景元と江川英龍が力添えをしてくれたおかげ。直属の上役とはいえ、直孝が許しを与えただけでは無理だったことだろう。

左門は一介の町方同心でありながら、幕政の暗部を知り過ぎている。

本来ならば疾《と》うの昔に、口を封じられていてもおかしくない。にも拘わらず裏十手と称し、公儀が見逃す悪党どもを勝手に退治していたのだから、政《まつりごと》よりも私利私欲を優先する連中から、更なる怒りを買ったのも当然であろう。

老中首座の水野忠邦は失脚したものの、鳥居耀蔵と榊原忠義は未だ現役。こたびも結果として裏十手の一党に出し抜かれ、面目を潰されてしまった。

そんな怒り心頭《しんとう》の巨悪を、景元と英龍は体《てい》よく丸め込んだのだ。

嵐田左門を江戸に留め置けば、まだまだ長生きをして邪魔をされるだけのこと。ならば当人が思い立ったのを幸いに、島流しにしてやればいい——。

もちろん、敵も馬鹿ではない。

とりわけ勘働きの鋭い耀蔵が、景元と英龍の真意を読めぬはずがなかった。にも拘わらず許しを与えたのは、名より実を重んじたが故のこと。

「好んで島に渡り、父子ともども朽ち果てる道を望みおったか……嵐田左門め、最後まで訳の分からぬ男であったのう……」

「よろしいのですか、甲斐守様。あやつには、幾度も我らの体面を」

「捨て置け、捨て置け」

未だ悔しさが収まらぬ忠義に構うことなく、耀蔵は今日も飄々としている。

世の中には、如何なる恫喝《どうかつ》も懐柔《かいじゅう》も通じぬ者がいる。

左様な愚か者と見なせば、もはや腹は立たなかった。


かくして公儀の許しを得た左門は、晴れて再び三宅島に渡る運びとなった。

鉄砲洲まで付いてきた面々は、誰一人として嘆いていない。

万感の想いを抱きながらも、みんな揃って笑顔で見送っていた。

「後のことはどうかお任せくだされ！　お墓参りも欠かさずいたします故‼」

船着き場から呼びかける半平は、黄八丈の着流しに黒羽織を重ねた同心姿。久留米屋を出て、一度は手放した嵐田の家督と同心株を再び受け継いだのだ。

誰に強いられたわけでもなく、己の意思で決めたのである。

きっかけは悪党どもに拐《かどわ》かされ、為す術《すべ》もなく痛め付けられたこと。

今のままの自分では弱い民どころか、家族さえも護れまい――。

心から恥じた半平はいちから己を鍛え直し、左門の同僚で殉職した実父の半井市蔵の如く、強い男になろうと誓ったのだ。

もちろん、すべては女房の勝代も賛成した上のことだった。

半平に男として強くなってもらうのは、もとより勝代の望むところである。

美男で優しく頭が切れて申し分ないものの、夫は軟弱なのが玉に瑕《きず》。自分から鍛え直したいと言い出してくれたのは、喜ばしい限りであった。

店は吉太郎が大きくなるまで、元気を取り戻した父の仁兵衛が護ってくれる。

その頃には下にまた男の子が生まれているであろうし、長男に久留米屋を、次男に嵐田家を継がせれば万事めでたく収まる。すべては半平の頑張り次第だ。

「せいぜい励んでくださいね、貴方」

「わ、分かっておるわ」

にっこり勝代に微笑みかけられ、半平は端正な顔を引き攣《つ》らせる。

そんな夫婦のやり取りに構うことなく、お熊は大きく手を振っていた。

「達者でね、爺さーん!」

お熊は更生した幼馴染みの半太と祝言を挙げ、それぞれ女中と中間《ちゅうげん》として八丁堀の組屋敷で引き続き世話になる運びとなっている。名前が似ている主従も乙なもんじゃねぇかと、左門も喜んでくれていた。

「欠かさずお便りをいたしやす! 下手《へた》の横好きで毎度すみやせんが、俳諧《はいかい》仕立てにさせてもらいやすんで!!」

「貴公より受けし恩は終生忘れぬ! 角馬殿と仲良う暮らしてくれよ!!」

鉄平と政秀も、涙ながらに声を張り上げる。

左門の後を継いだ半平に仕えることを鉄平が自ら望む一方、未熟な半平を独りだけで支えるのは至難と察して、政秀も正式に手伝うこととなっていた。今後は殺しの裏稼業から完全に足を洗い、末端ながら御法の番人として力を尽くす所存であった。

吉昌ら山田一門も陰で手を貸してくれるとなれば、尚のこと心強い。

もはや案じることは何もない。

「みんなありがとよ！　しっかりやってくんなー!!」

船の上からぶんぶん手を振る、左門の顔には満面の笑み。

いずれ角馬は赦免《しゃめん》されるのかもしれないが、老い先短い自分は遠からず、三宅島の土になることだろう。

だが、それでいい。

弱き民を護るために働くべき場所は、江戸ばかりとは限らないのだ。

「へっ、まだまだ老け込んじゃいられねぇぜ……」

微笑む老虎の胸中には、一片の悔いもなかった。

時代小説
二見時代小説文庫

荒波越《あらなみこ》えて　八丁堀《はっちょうぼり》　裏十手《うらじって》8

著者　牧《まき》　秀彦《ひでひこ》

発行所　株式会社　二見書房
東京都千代田区三崎町二－一八－一一
電話　〇三－三五一五－二三一一［営業］
〇三－三五一五－二三一三［編集］
振替　〇〇一七〇－四－二六三九

印刷　株式会社　堀内印刷所
製本　ナショナル製本協同組合

落丁・乱丁本はお取り替えいたします。
定価は、カバーに表示してあります。

©H.Maki 2014, Printed in Japan. ISBN978－4－576－14160－2
http://www.futami.co.jp/

間借り隠居 八丁堀 裏十手1

牧秀彦［著］

隠居して家督を譲った直後、息子が同心株を売って出奔。昨日までの自分の屋敷で間借り暮しの元廻方同心の嵐田左門。老いても衰えぬ剣技と知恵で悪に挑む！

お助け人情剣 八丁堀 裏十手2

牧秀彦［著］

元同心「北町の虎」こと嵐田左門は引退後もますます元気。岡っ引きの鉄平、御様御用家の夫婦剣客、算盤侍の同心・半井半平ら〝裏十手〟とともに法で裁けぬ悪を退治する！

剣客の情け 八丁堀 裏十手3

牧秀彦［著］

嵐田左門、六十二歳。北町の虎の誇りを貫く。裏十手の報酬は左門の命代。老骨に鞭打ち、一命を賭して戦うことで手に入る、誇りの代償。孫ほどの娘に惚れられ…

白頭《はくとう》の虎 八丁堀 裏十手4

牧秀彦［著］

北町奉行遠山景元の推挙で六十二歳にして現役に復帰した元廻方同心の嵐田左門。権威を笠に着る悪徳与力や仏と噂される豪商の悪行に鉄人流十手で立ち向かう！

哀しき刺客 八丁堀 裏十手5

牧秀彦［著］

夜更けの大川端で顔見知りの若侍が、待ち伏せして襲いかかってきた武士たちを居合で一刀のもとに斬り伏せた現場を目撃した左門。柔和な若侍がなぜ襲われたのか⁉

新たな仲間 八丁堀 裏十手6

牧秀彦［著］

若き裏稼業人の素顔は心優しき手習い塾教師。その裏稼業人に、鳥居耀蔵が率いる南町奉行所の悪徳同心が罠をかけてきたのを知った左門と裏十手の仲間たちは…

魔剣供養 八丁堀 裏十手7

牧 秀彦［著］

御様御用《おためしごよう》首斬り役の山田朝右衛門から、世にも奇妙な相談が！ 青年大名を夜毎悩ます将軍拝領の魔剣の謎とは？ 廻方同心「北町の虎」大人気シリーズ第7弾！

誇《ほこり》 毘沙《びしゃ》侍 降魔剣《ごうまけん》1

牧 秀彦［著］

奉行所も火盗改も裁けぬ悪に泣く人々の願いを受け、竜崎沙王ひきいる浪人集団〝兜跋《とばつ》組〟の男たちが邪滅の豪剣を振るう！ 荒々しい男のロマン瞠目の新シリーズ！

母 毘沙侍 降魔剣2

牧 秀彦［著］

吉原名代の紫太夫が孕んだ。このままでは母子ともに苦界に身を沈めてしまう。元同心が語る、兜跋組頭目・竜崎沙王とその妹・藤華の驚くべき過去とは!? 第2弾！

男 毘沙侍 降魔剣3

牧 秀彦［著］

江戸四宿が悪党軍団に占拠された。訳あって四宿それぞれに向かっていた兜跋組四天王は単身、乗っ取り事件の真只中に踏み込むはめに…はたして生き延びられるか？

将軍の首 毘沙侍 降魔剣4

牧 秀彦［著］

将軍家の存亡にかかわる一大事！幕府を牛耳る御側御用取次、その出自が公になるとき驚天動地の策謀が成就する!? 兜跋組の頭には老中水野忠邦からある依頼が…

はみだし将軍 上様は用心棒1

麻倉一矢［著］

目黒の秋刀魚《さんま》でおなじみの江戸忍び歩き大好き将軍家光《いえみつ》が、浅草の口入れ屋に居候。彦左や一心太助、旗本奴や町奴、剣豪らと悪党退治！ 胸がスカッとする新シリーズ！

かぶき平八郎荒事始 残月二段斬り
麻倉一矢［著］

大奥大年寄・絵島の弟ゆえ重追放の咎を受けた豊島平八郎、八年ぶりに江戸に戻った。溝口派一刀流の凄腕を買われて二代目市川團十郎の殺陣師に。シリーズ第1弾！

百万石のお墨付き かぶき平八郎荒事始2
麻倉一矢［著］

五代将軍からの「お墨付き」を巡り、幕府と甲府藩の暗闘。元幕臣で殺陣師の平八郎は、秘かに尾張藩の助力も得て将軍吉宗の御庭番らと対決。シリーズ第2弾！

べらんめえ大名 殿さま商売人1
沖田正午［著］

父親の跡を継ぎ藩主になった小久保忠介。財政危機を乗り越えようと自らも野良着になって働くが、野分で未曾有の窮地に。元遊び人藩主がとった起死回生の秘策とは？

ぶっとび大名 殿さま商売人2
沖田正午［著］

下野《しもつけ》三万石鳥山藩の台所事情は相変わらず火の車。藩主の小久保忠介は挫けず新しい儲け商売を考える。幕府の横槍にもめげず、若き藩主と家臣が放つ奇想天外な商売とは⁉

朱鞘《あかさや》の大刀 見倒屋《みたおしや》鬼助《きすけ》 事件控1
喜安幸夫［著］

浅野内匠頭の事件で職を失った喜助は、夜逃げの家へ駆けつけて家財を二束三文で買い叩く「見倒屋」の仕事を手伝うことになる。喜助あらため鬼助の痛快シリーズ第1弾

隠れ岡っ引 見倒屋鬼助 事件控2
喜安幸夫［著］

鬼助は浅野家家臣・堀部安兵衛から剣術の手ほどきを受けた遣《つか》い手の中間《ちゅうげん》でもあった。「隠れ岡っ引」となった鬼助は、生かしておけぬ連中の成敗に力を貸すことに…

二見時代小説文庫

居眠り同心 影御用 源之助 人助け帖
早見俊［著］
凄腕の筆頭同心蔵間源之助はひょんなことで閑職に…。暇で暇で死にそうな日々に、さる大名家の江戸留守居から極秘の影御用が舞い込んだ！ 新シリーズ第1弾！

朝顔の姫 居眠り同心 影御用2
早見俊［著］
元筆頭同心に、御台所様御用人の旗本から息女美玖姫探索の依頼。時を同じくして八丁堀同心の審死が告げられた…左遷された凄腕同心の意地と人情！ 第2弾！

与力の娘 居眠り同心 影御用3
早見俊［著］
吟味方与力の一人娘が役者絵から抜け出たような徒組頭次男坊に懸想した。与力の跡を継ぐ婿候補の身上を探れ！「居眠り番」蔵間源之助に極秘の影御用が…！

犬侍の嫁 居眠り同心 影御用4
早見俊［著］
弘前藩御馬廻り三百石まで出世し、かつて道場で竜虎と謳われた剣友が妻を離縁して江戸へ出奔。同じ頃、弘前藩御納戸頭の斬殺体が柳森稲荷で発見された！

草笛が啼《な》く 居眠り同心 影御用5
早見俊［著］
両替商と老中の裏を探れ！北町奉行直々の密命に居眠り同心の目が覚めた！ 同じ頃、見習い同心の源太郎が行き倒れの少年を連れてきて…。大人気シリーズ第5弾！

同心の妹 居眠り同心 影御用6
早見俊［著］
兄妹二人で生きてきた南町の若き豪腕同心が濡れ衣の罠に嵌まった。この身に代えても兄の無実を晴らしたい！血を吐くような娘の想いに居眠り番の血がたぎる！

殿さまの貌《かお》 居眠り同心 影御用7
早見俊［著］

逆袈裟魔《ぎゃくげさま》出没の江戸で八万五千石の大名が行方知れずとなった！ 元筆頭同心で今は居眠り番と揶揄される源之助のもとに、ふたつの奇妙な影御用が舞い込んだ！

信念の人 居眠り同心 影御用8
早見俊［著］

元筆頭同心の蔵間源之助に北町奉行と与力から別々に二股の影御用が舞い込んだ。老中も巻き込む阿片事件！ 同心の誇りを貫き通せるか。大人気シリーズ第8弾！

惑《まど》いの剣 居眠り同心 影御用9
早見俊［著］

居眠り番、蔵間源之助と岡っ引京次が場末の酒場で助けた男の正体は、大奥出入りの高名な絵師だった。なぜ無銭飲食などをしたのか？ これが事件の発端となり…

青嵐《せいらん》を斬る 居眠り同心 影御用10
早見俊［著］

暇をもてあます源之助が釣りをしていると、暴れ馬に乗った瀕死の武士が…。信濃木曽十万石の名門大名家に届けてほしいとその男に書状を託された源之助は……

風神狩り 居眠り同心 影御用11
早見俊［著］

源之助の一人息子で同心見習いの源太郎が夜鷹殺しの現場で捕縛された！ 濡れ衣だと言う源太郎。折しも街道筋を盗賊「風神の喜代四郎」一味が跋扈していた！

嵐の予兆 居眠り同心 影御用12
早見俊［著］

居眠り同心の息子源太郎は大盗賊「極楽坊主の妙蓮」を護送する大任で雪の箱根へ。父源之助の許には妙蓮絡みの奇妙な影御用が舞い込んだ。同心父子に迫る危機！

二見時代小説文庫

七福神斬り 居眠り同心 影御用13
早見俊［著］

元普請奉行が殺害され亡骸には奇妙な細工！向島七福神巡りの名所で連続する不思議な殺人事件。父源之助と新任同心の息子源太郎よる「親子御用」が始まった。

名門斬り 居眠り同心 影御用14
早見俊［著］

身を持ち崩した名門旗本の御曹司を連れ戻すという単純な依頼には、一筋縄ではいかぬ深い陰謀が秘められていた。事態は思わぬ展開へ！同心父子にも危険が迫る！

闇の狐狩り 居眠り同心 影御用15
早見俊［著］

碁を打った帰り道、四人の黒覆面の侍たちに斬りかかられた源之助。翌朝、なんと四人のうちのひとりが、寺社奉行の用人と称して秘密の御用を依頼してきた。

公家武者 松平信平《のぶひら》 狐のちょうちん
佐々木裕一［著］

後に一万石の大名になった実在の人物・鷹司松平信平。紀州藩主の姫と婚礼したが貧乏旗本ゆえ共に暮せない。町に出ては秘剣で悪党退治。異色旗本の痛快な青春！

姫のため息 公家武者 松平信平2
佐々木裕一［著］

江戸は今、二年前の由比正雪の乱の残党狩りで騒然。背後に紀州藩主頼宣追い落としの策謀が……!? まだ見ぬ妻と、舅を護るべく、公家武者松平信平の秘剣が唸る！

四谷の弁慶 公家武者 松平信平3
佐々木裕一［著］

結婚したものの、千石取りになるまでは妻の松姫とは共に暮せない信平。今はまだ百石取り。そんな折、四谷で旗本ばかりを狙い刀狩をする大男の噂が舞い込んできて…。

暴れ公卿 公家武者 松平信平4

佐々木裕一［著］

前の京都所司代・板倉周防守が狩衣姿の刺客に斬られた。狩衣を着た凄腕の剣客ということで、疑惑の渦中の信平に、老中から密命が下った！ シリーズ第4弾！

千石の夢 公家武者 松平信平5

佐々木裕一［著］

あと三百石で千石旗本！ そんな折、信平は将軍家光の正室である姉の頼みで父鷹司信房の見舞いに京へ…。松姫への想いを胸に上洛する信平を待ち受ける危機とは!?

妖《あや》し火 公家武者 松平信平6

佐々木裕一［著］

江戸を焼き尽くした明暦の大火。千四百石となっていた信平も屋敷を消失、松姫の安否も不明。憂いつつも庶民救済と焼跡に蠢く企みを断つべく、信平は立ち上がった！

十万石の誘い 公家武者 松平信平7

佐々木裕一［著］

明暦の大火で屋敷を焼失した信平。松姫も紀州で火傷の治療中。そんな折、大火で跡継ぎを喪った徳川親藩十万石の藩士が信平を娘婿にと将軍に強引に直訴してきて…

黄泉《よみ》の女 公家武者 松平信平8

佐々木裕一［著］

女盗賊一味が信平の協力で処刑されたが頭の獄門首が消え、捕縛した役人も次々と殺された。下手人は黄泉から甦った女盗賊の頭!? 信平は黒幕との闘いに踏み出した！

将軍の宴 公家武者 松平信平9

佐々木裕一［著］

四代将軍家綱の正室顕子女王に京から刺客が放たれたとの剣呑な噂が…。老中らから依頼された信平は、家綱主催の宴で正室を狙う謎の武舞に秘剣鳳凰の舞で対峙する！

宮中の華 公家武者 松平信平10

佐々木裕一［著］

将軍家綱の命を受け、幕府転覆を狙う公家を倒すべく信平は京へ。治安が悪化し所司代も斬られる非常事態のなか、宮中に渦巻く闇の怨念を断ち切ることができるか！